U0098653

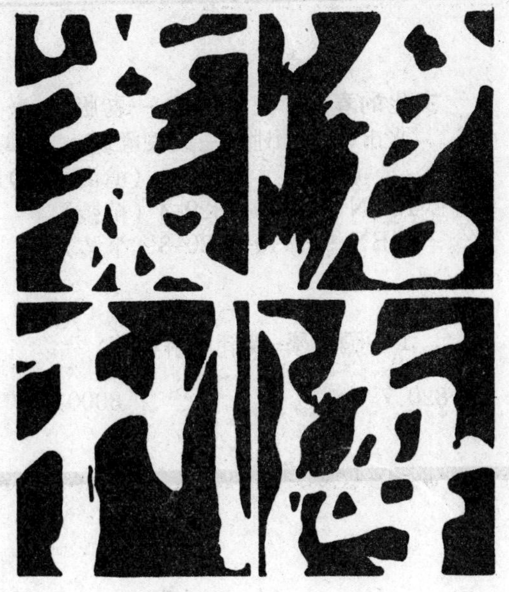

文化的春天

王保雲 著

東大圖書公司印行

國立中央圖書館出版品預行編目資料

文化的春天／王保雲著.--初版.--臺
北市:東大出版:三民總經銷，民80
面；　公分.--(滄海叢刊)
ISBN 957-19-1329-4（精裝）
ISBN 957-19-1330-8（平裝）

1.中國文學-批評，解釋等

820.7　　　　80001340

© 文　化　的　春　天

文化的春天
編號 E 85217
東大圖書公司

著　者　王保雲
發行人　劉仲文
出版者　東大圖書股份有限公司
總經銷　三民書局股份有限公司
印刷所　東大圖書股份有限公司
地址／臺北市重慶南路一段
六十一號二樓
郵撥／〇一〇七一七五——〇號
初　版　中華民國八十年六月
編　號　E 85217
基本定價　貳元捌角玖分
行政院新聞局登記證局版臺業字第〇一九七號

ISBN 957-19-1330-8（平裝）

因緣自得

——我寫《文化的春天》

明朝張潮的《幽夢影》書中曾提及「文章是案頭之山水，山水是地上之文章。」對於一個熱愛大自然的人來說，擁抱山水，即同於浸泳書域；而潛心研讀之時，又可寄情於自然之間，無怪乎當我戀倦山山水水的時候，就喜歡以文字來作爲行路觀覽的工具了。

前人雖有「紅裙不必通文，但須得趣」之論，而我自知喜感不夠，常未能轉憂爲喜，化悲爲樂，因而總希望於知識領域中覓得豁達之道。而立之年以後，尤感於世事無常，對己身愛惡分明，凡事二分法的原則，做了相當的調適，原來人世間的種種現象，並非唯一或相對的存在，也許該有更多程序的面貌風情呈現。

第一本散文專輯《天地合情》於前年出版之後，羞愧之情多於喜悅，編印成書，面對諸人，稍有疏失，如何交待？可是多位前輩又如此厚愛鼓勵着我，希望我能以文字來開拓自己更寬厚的思想人生，於是我再提起勇氣，爲第二本文藝理論性質的文字催生，兩年中的每一個月，定期於俞先生允平主編的《文藝月刊》發表，今將其匯編成册，定名爲《文化的春天》。

全書共計五卷，首卷是我之眞性情的流露。對人、對事，「自然」是我衷心企盼所求的，在中國走向現代化的過程中，我們的思想必須通過一己的獨立思考和實存體證，才算落實。而生命的途徑必也得在清醒當中豁然開朗。今天，周遭的環境擾亂不安，但是在這盲亂之中，仍必須掌握住遊戲的規則，否則人人自危，你我的生命毫無自然之美可言。

卷二是由古典的詩和詩人聯想其眞摯之美。適之先生鼓勵年青人「要向自己性情所近、能力所能做的去學。」任何一位成功者，必然是擁有「自知之明」以及「正確的抉擇能力」，詩人們以詩來表白自我，豈不同於今日我們以行動來實踐自我的道理？人如果能眞正發現自己天才潛能的源泉，那麼每一個新湧的思潮，豈不是另一次文明的再造了？

民族的思想，命脈的變遷，是我在第三卷中努力思考的問題。我們皆知，任何一個國族，當他調節能力增強之時，他的抗干擾能力就會增強。換句話說，決策者必須面對現實人生、社會問題加以探究，並以此爲依歸，如此卽使有所震盪，也會回歸原有的結構組織中。

危機是隨時潛伏着的，生命力強韌的國族，應該掌握住危機存在之後的機會，而不是恐懼危機來臨時所面對的問題，同樣身處一個環境，卻有兩般不同的心境，汝意爲何？

第四卷是多年來我對藝術追求的心得匯整文字。對於從事中國文學工作的人來說，古典的美應是心靈萌發的根源，而現代意識流型態，則是最佳自我的表彰。

中國人所謂的薪傳，傳的就是精神和傳統，美的欣賞品鑑能力，會使我們對自我的傳統在反省中，有了更多的肯定和認同。

這是一股源自母性，如源頭活水般的愛。

卷末應是我對生命的看法吧！

在課堂裏我喜歡以「我思故我在」來勉勵學生。雖然思考是一條漫長的道路，但是他就像是泥土一般，保持土壤肥沃的本質，他必能孕育滋養萬物的生命。

花是園丁的歡笑。

當耕耘的人，在土壤中看到血汗的成果時，那眞如尋覓到一顆智慧剔透的寶石啊！因此，縱有悲情世界，依然會有生命永恆的價值。

「只有放手，讓來自山林的，

回到原來的山林。」（節錄夐虹詩）

一切因緣，盡在其中。

就讓我的摯情，因緣自然，回返本初，而這本集子也可說是多年來我衷心所求的，寫此書最大的心願就是挑起國人對中國傳統文化有新的認知型態，能突破傳統與現代的意識框架，讓希望點燃我們生命的亮光。

最後，讓我在此向每一位關愛我的人，致上一份感恩的心意。

王保雲

文化的春天 目次

卷一

企盼

俯仰之間

■古樂新譜

「創新」在今日是個時髦的名詞，若只求新穎，勢必將人們引入到藝術審美狹隘的胡同中。「老一套的東西不行了。」是否意味著老的或者舊的都不好呢？新與舊之間，並非是絕對好或不好的因果關係，我們無法以一個方程式來演繹她。好的東西，即使再陳舊古老，依然是好，不好的東西，如何創新亦是惘然。當我們行於故宮，審美心理的民族性，以及形式美感的持久性，使得每一個方寸都是沉郁香馥，令人流連忘返，此乃古典文化在新的時代裏閃爍著誘人光采的展現。

身爲最優美、古老的文明社會所孕育的子民，有志氣的當代中國人，面對經貿蓬勃成長，驟然踵步於日本之後，外匯存底已經凌越西德之上，居世界首位，不僅肯定了龍傳人的信心，更贏得舉世各國的側目與驚訝。可是、平心靜氣地看，高樓下熙來攘往的人羣，曾否表現出一個文化大國應有的溥博沉雄、邃密精深的氣象或生趣呢？又能否在現代世界的發展、流變的過程中，自覺出整體的學術思想淵源，進而表現出敏銳洞察，切中肯棨的理論反省呢？

「五四」以後，西方科學思潮襲捲我國，科學固然可以挽頹廢於積極，振迷信於理智，但卻使得國人陷入以實證主義或行爲科學奉爲唯一至上，或絕對客觀的眞理。西方科學家、哲學家在經過深入研析，重新詮釋後的科學，是只具有「假設」、「臆測」的階段，談不上「唯一眞確」、「絕對客觀」，這個獲得當代世界學識社會的共識之論點和，當年胡適之先生所提出「大膽的假設，小心的求證」的口號相鑒，在經過數十年時光的流轉蛻變中，不難確認科學本身應是開放性的，和人類的智慧理性持續演進相互的更迭著，一個眞正具有科學精神的人，當樂於接受關鍵性的實驗，不斷地面對質疑和挑戰，以嚴謹的態度小心假設，否證時卻須大膽當之，此和適之先生的口號，雖有互反的看法，但事實的眞相確是如此。

西潮東罩下，國人當體認儒家洞切理性，正視人文心靈的學術思想，國內人文思想與人文學術執留於片面而偏頗的層面，無法深入基層，羣眾毫無文化感受的諸多現象，實令人憂心焦慮。康德有言「概念而無直觀，是空洞的；直觀而無概念，則是盲目的。」（Concept without intuition is empty, intuition without concept is blind.）和孔子「學而不思則罔；思而不學則殆。」兩者皆強而有力的說明了理性主義中人文素養的眞貌 。國人若無法在面 對西方理性主義的衝擊下，調理出完全屬於中國特有的人文思潮觀念，實爲當代人的遺憾。

■ 中國精神

中國有關天地原始的神話，最初見於「三國」徐整《三五歷記》，此文原載《太平御覽》：

> 天地渾沌如雞子，盤古生其中，萬八千歲。天地開闢，陽清爲天，陰濁爲地，盤古在其中，一日九變。神於天，聖於地，天日高一丈，地日厚一丈，盤古日長一丈，如此萬八千歲。天數極高，地數極深，盤古極長。後乃有三皇。

開天闢地之說，僅屬神話，古書中記載殆多無法考證。甚至帝王之出生、形象、生活皆非常傳奇，如黃帝爲其母遇打雷有感而生；顓頊之母感月而生；伏羲爲母腳踩神蛋而生；神農爲母感龍而生；堯帝之母感赤龍而生堯；舜帝之母見大虹而生舜；禹之母吞薏苡而生之。諸如此說，非但於科學昌明之今日，無法讓人採信，卽如古聖先賢亦否定此說。

以儒家思想爲凝聚基軸的中國主流思想，本質上爲純正的理性主義思想，和西方精神契合。孔子的「子不語：怪力亂神。」「子絕四，毋意、毋必、毋固、毋我。」都強調著人類天賦的本能，必須經過理性的思辨與詮釋，方能擁有開放的心靈和創造的潛能，在歷史的淘鍊中沉澱爲恆久而堅實的文化成果。

今天在這塊共同生活的大地上，每個人都是大地的心靈和精神，孔孟堯舜的愛，可曾在社會倫理中實現？老莊甚至有超越儒家仁本思想的天道宇宙悲懷，認爲天道方爲精神的更高境界，仁義只是人生旅途的客棧罷了，若將此天道落實於儒家理性主義的觀點中，則天道的精華就在自然之中，當我們在自然原貌中得到充實圓滿的精神，不但能安頓自己，向下流注，更可以支援孔孟，作爲社會倫理的根源。在中國歷史文化中，清晰的看到老莊精神一轉化就成爲文學藝術，撫慰了多少受創、寂寞的心靈，這對中國文化的綿延，自有回天之功。

「然後知是山之特出，不與培塿爲類，悠悠乎與灝氣俱，而莫得其涯；洋洋乎與造物者游，而不知其所窮。」……「心凝形釋，與萬化冥合，然後知吾嚮之未始游，游於是乎始……」放情山水，與天地合而爲一的柳宗元，被貶爲永州司馬，遂以自然景緻作爲寄情之所，寫下了絕妙好辭的遊記〈永州八記〉。縈青繚白的山川，柳宗元以僇人之身，體仰其間，非僅無頹廢之氣，反倒是字字雋秀，篇篇清麗，〈永州八記〉可謂千古遊記的上乘佳作。范仲淹於滕子京謫守巴陵郡後，受其囑託寫下了曠古絕作〈岳陽樓記〉。「而或長煙一空，皓月千里，浮光耀金，靜影沉璧；漁歌互答，此樂何極！登斯樓也，則有心曠神怡，寵辱皆忘，把酒臨風，其喜洋洋者矣。」范仲淹不但能忘情於自然之景，更有廓然襟懷，令人欽敬。「不以物喜，不以己悲。居廟堂之高，則憂其民；處江湖之遠，則憂其君。……然則何時而樂耶？其必曰：『先天下之憂而憂，後天下之樂而樂』歟！」尚風節、主清議的豁達胸襟，使范仲淹成爲當時清流派的中心人物。

唐宋之間，蘇東坡軼聞趣事最是風雅，然其宦途困蹇，不由使人爲其叫屈，尤其東坡曾遠貶南海儋州，若非高度暢達之人，怎堪消磨？試看東坡〈赤壁賦〉中的浩然心襟，古今之中，又有何人能及之？

況吾與子，漁樵於江渚之上，侶魚蝦而友麋鹿；駕一葉之扁舟，單匏樽以相屬；寄蜉游於天地，渺滄海之一粟。哀吾生之須臾，羨長江之無窮；挾飛仙以遨遊，抱明月而長終；知不可乎驟得，託遺響於悲風。

蓋將自其變者而觀之，則天地曾不能以一瞬；自其不變者而觀之，則物與我皆無盡也。

中國先哲以心念繫於自然之軸，斡旋生命，調節好惡哀樂，引發成德成仁之思想行儀。所謂存心養性，達情遂欲，乃是典型中國的一貫生活。使得舉手投足間，皆是理與情的生活交融互攝。凡事內得於己身，外得於人物，便可長養忠恕慈愛的美德，完成恢宏偉大的人格了。

■ 時代的聲音

中國的精神，是要我們依自然而生活，人人精神豐盈無缺，待人處事不卑不亢，各得自在。如此神棍自然無技可施，不得其門而入，而今國內大街小巷，雜神小廟極多，神棍混跡，詐欺斂人財物，社會上存有此破財消災的心理，就是源於精神負債的現象。

算命看相、求神問卜，若由文化、社會、心理、歷史等解釋，可能是心理上「不安全感」和「尋求安全」的互補心理。《聯合報》曾根據求神問卜的現象，在民國七十七年初作了問卷調查，發現年輕算過命者比例極高，二十歲至三十四歲人士有百分之四十五點八。若以常態而言，我國由傳統走向轉型的社會中，年長者應較受農業社會「宿命論」觀點影響，年輕一代對個人和週遭分析宜較訴諸理性和科學性的態度，而事實顯示社會諸多「不安全感」心態有升高趨勢，因此，尋找「安全」的需求也相對的增加。

「大家樂」隨著命相卜卦，瘋狂的反映社會的病態。我們是肉體病了？還是心靈病了？報端曾有此標題──「大家樂迷，神經兮兮，『搖錢樹』不靈，神像棄置路旁，『聚寶盆』失靈，電鍋打入冷宮」，內容說明神像因未能猜中號碼，被賭徒憤而廢棄，甚而有人以家中電鍋所煮的飯浮現的字簽賭「大家樂」，其他如神壇扶乩、夢囈、車禍肇事的車牌號碼……荒誕無稽的穿鑿附會，在在映現出當代文化缺少了人文，成爲社會病的症候羣。我不禁要問，臺灣這一百年來的文化成長，究竟要經歷多少微塵刼數呢？今日我們只是一羣飽暖衣食的不孝子孫，長久來我們的心靈精神逐趨沉淪，仰天俯地，試問又何顏對得住這塊孕育我們的大地呢？

求籤卜卦在宗教上是向神祈禱的行爲，然佛教徒卻認爲此含有迷信成份，一位眞實修道者，當發菩提心，根據佛教教義，從嚴持淨戒入手，專心一致修習佛法，增加智慧，明辨正邪，不致隨心有非分之念，如此救世濟人的精神，方爲宗教眞諦。迷信「大家樂」者，心裏萌發的，是無數貪、嗔的聚合，亦是罪惡之淵藪。

現階段中國人所面臨的壓力，除了不斷躍升，尚得把傳統中國人具有的優異特性與民族氣節表現出來。中國人做人，不僅要盡性和諧，且要遵循道本，追原天命，尚同天志，仰觀俯察，取象物宜，領略宇宙間偉大的生物氣象，得其大慈至仁兼愛之心，祛除偏私錮蔽別異之見，才能恢恢曠曠，顯出博學高明的人性來。簡言之，中國人的生命實踐理想，即是攝取宇宙的生命，來充實自己，進而推廣自身之性，來增潤宇宙生命，齊臻於「天人合一」之境，每念及此，再觀眾生相，不禁悲鳴交集，何以如此溥博的人格，竟淪爲瘋狂痲痺的投入呢？

大時代的子民，可曾聽聞其嗚咽之聲響。

■ 長存天地間

希伯來對人性的看法，眾所皆知，其理論認爲神照自己形相造人，因而人的靈魂本屬純善，但後來受撒旦誘惑，才墮落犯罪。《新約》有言：「你們若順從肉體活著必要死，若靠著聖靈治死身體的惡行，必要活著。」佛在《八大人覺經》中亦云：「第一覺悟：世間無常，國土危脆；四大苦空；五陰無我；生滅變異，虛僞無主；心是惡源，形爲罪藪；如是觀察，漸離生死。」經文中闡釋第一覺悟的「世間」，在佛法上有有情世界與器世界之分，前者概指人生，後者則泛言宇宙。器世間是不住地成住壞空，不停地滄海桑田；而有情世界，亦不斷地生住異滅，生老病死持續不止的輪迴，是以無論以縱的觀察，或橫的體驗，世間皆是變化無常，此乃佛弟子必須眞實覺悟之因的主要關鍵。

「心是惡源，形爲罪藪。」佛家認爲一切罪惡業障，係由心起。「一念瞋心起，百萬障門開。」佛法上說心是惡源，起心動念加上形體的實踐，即造成行爲意識善惡的分野，這和中國先哲主性善之說是不相違背的。佛認爲人皆有佛性，放下屠刀，立地成佛，此和儒家忠恕、仁愛的精神境界是相通的。

先哲用心良苦，雍容恢宏的氣度，映現出今日吾輩汲汲於功名利祿，崇尙西潮，直如飛蛾撲火，夏蠅逐臭。何不尋訪江上清風，山間明月，使耳得之爲聲，目遇之而成色，取之無禁，用之不竭，此乃東坡畢生所求「造物者之無盡藏也。」也是中國人對自然的精神境界。

青青翠竹，盡是法身；鬱鬱黃花，無非般若。

每一個眾生當如是認知，透過智慧原性，奉獻小我廣度眾生，使身心遠離表象之追求，得一合理、溫情的淨土，體念中國歷代聖哲的人格道德，效法「道」的生蓄創造，「天」的化育完全，或者是「自然」的創造進化，善貸且成，使一切萬物皆能雍雍然、翛翛然，體養生息於此精神的感召中，涵養自身情性，使爲而不恃，和而不爭，果眞若此，無稽荒誕之事自然消弭無踪。

有一電視影集《美國淪亡記》，劇中（主角）「戴文」不僅代表人道主義的傳承，更象徵美國獨立、民主的開國精神，「戴文」堅持理想，不惜以生命付之，他說死亡是必經之道，因此，它不是一件壞事，而是活著的人是否能尋得眞正的自我。死生之間，千古以來，有人不惜，有人難捨，中國聖賢先哲有無數如「戴文」者，爲操持淸明之志而犧牲，使人類卑微生命中，展露莊嚴無盡。

十八世紀中國諷刺作家李汝珍筆下創造不死族，他的「無智國」人，以不斷復活方式得以長生，因無生命短暫之虞，故有淡泊無爭，恬然自得的心襟，顯示了中國人對生命一種難以解釋的執著。而同一世紀英國諷刺作家司威夫特（J. Swift）所創出的不死族，卻是對生命的懲處，與歲俱增的不僅是形體老邁，更有魅魍之狀，英國人對生命之悲愴可見如是。文化思想之相異，使得民族間對生命看法自有不同之點，無論如何，體仰先民智慧，落實今世今生，使此生能有圓熟渾然的美感，自不待言。

英哲學家羅素曾說：「我們恐已生活在人類的最後一個時期中，如果是這樣，這是由於科學引成人類的滅亡。」（Bertrand Russell: "We are Perhaps living in the last age of man, and, if so, it is to science that he will owe his extinction."）科學固然成就今朝諸多文明世界的建設果實，但卻使人類過著莎士比亞先生所說的：在大炮口徑上爭名求利的生活，此時此刻，我們的心靈深處，是否該讓其「返璞歸眞」呢？

情是何物？

■跨越時空的愛

讀中學時，曾和數位摯友爲梁實秋先生因喪妻之痛而寫於《中副》的〈槐園夢憶〉，悲痛欲絕，當時我們曾互許日後長相廝守的伴侶，必得有梁先生如此情深方可委以終身。豈料未隔好久，卽聞梁先生和韓菁清女士結婚的訊息，不禁聯想起元稹〈遺悲懷〉悼亡妻深摯率眞之詩情，一種莫名的悲悽湧上心頭，迄今想來，不覺彼時太刻板了些。其實，情雖直教人以生死相許，但若以對方立場而言，未嘗不希望縱然幽冥相隔，亦能兩者皆遂得其所，在生能「結髮爲夫婦，恩愛兩不疑」，天人永隔，卽使再娶或他嫁，應也是眞愛的奢望。因而，今天看到梁先生晚年能有美麗伴侶相隨，梁夫人有靈，必也欣慰異常，誰又願自己昔年鍾愛的人孤伶伶的過活，或者早日和自己共聚呢？

情眞固然可貴，但卻忌浮濫誇飾，清末袁枚詩論「性靈」，雖爲詩壇盟主四十餘年而不衰，然其放情聲色之微行，卽爲當時知識分子所詬病。人生如戲，往往多情惹來多悔之事，〈給前夫的一封信〉，使蕭颯道出了在眞誠相待的感情中，唯有專一才是眞正的愛。古今中外，凡歌頌偉大戀情者，必是一對一的相擁赤誠，而今天，除此之外，更有時代的法律立場和道德標準，非唯人如此，動物也是多情而癡，在古書中曾載有捕雁人的一段話：「今日獲一雁，殺之矣，其脫網者悲鳴不能去，竟自投於地而死。」又前時曾聞壽山動物園內，猴子因妒嫉衝動，失陷於石縫中而身亡的事件。唉，眞是情是何物？愛是何物？

■古典的再生

中國古典的戀情，有其一貫的精神特色，不論《西廂記》、《牡丹亭》、《桃花扇》、《長生殿》、《紅樓夢》等戲劇或小說，始終圍繞著感傷而言情的意識而運轉，書中的戀人，不僅盡瘁於愛情的理想，亦同樣盡瘁於自我犧牲的理念，在絕望與死亡之中，兩人的愛情愈現昇華極致，永恆的情操，成爲中國人歌頌贊歎的愛戀。

但是，我們可曾細思深省，如此感傷言情的古典情感，縱然有他千古不絕的光榮地位，但卻冷酷的暴露出在當時社會成規或道德使命的驅使之下，活生生的刻劃出每一對旣熱於愛情、又忠於道德的戀人，心中承受的是永無止盡痛苦的淒淸。每一個日子，皆爲情所困，爲才受累，爲愁所苦。例如：韓憑夫婦、焦仲卿和劉蘭芝，他們以死亡表達中國人完美的情感追求，而更多的宮女、歌伎、商人婦、良人覓封侯的閨中婦，她們心靈的枯槁衰竭，不也是另一種死亡的磨折？

固然，相戀的人，雙方面皆應追求絕對的完美，以死殉情的行爲，保全了愛情，更保全了道德的完整性，成爲眞正情感中最高的典型，但以人性自然需求而言，道德的標準，是否應稍作彈性的調整和潤滑？

我個人一向推崇相愛不僅要彼此堅貞以待，更要嚴守禮法道德，可是，我們又不能否認司馬相如和卓文君二人違背禮教，表現浪漫作風的美滿快樂，如果，因嚴守道德而讓人痛苦悲絕，似乎尺度上宜稍作調理了。

「五四」以後的小說，如巴金《激流三部曲》，即向封建社會提出嚴重的抗議，小說中的年輕人，飽嘗苦果，心懷義憤，對於傳統制度諸多不人道的作風，採取堅決反對的立場。傳統和現代的對立是一種自然的現象，但卻絕非好的情況，在對立的過程中，必將有磨擦、衝突，受傷害的人仍然大有人在，因而，激進的新生者，必須有勇氣面對傳統，長一輩的人，更要有涵融的修養，接受後湧的浪潮，在時光的推移中，新、舊自然無痕的融鑄錘鍊，眞情之可貴，即蘊藉其中了。

■什麼是美麗的搭配

女權運動是「五四」的主流之一，好些學者專家也劍拔弩張的大罵吃人的禮教，封建的枷鎖。北伐成功以後，政府法令規定男女平等，女人始可由家庭走到社會，但也帶來今天婚變的一大主因，「女強人」的婚姻受到威脅，有外遇的丈夫理直氣壯的喊著：

她太完美了，無懈可擊，令我沒有男性的尊嚴。

古典的愛情，從《詩經》三百篇中，我們看到了「純眞」的情懷瀰漫四處，男女相悅，桑間濮上，皆爲彼此最自然的情感流露。中國如此，西方亦然，人類的愛情由此出發，即如飢而食、倦而眠，理所至然之事。

中、西表現愛情的色彩雖然有異，但彼此熱戀的嚮往和眞摯地相許，精神應是一致的，荷馬史詩中海倫澎急的感情，雖非黛玉葬花溫婉傷感的情愫所能替代，然而，兩者間所共有的，皆是女性渴望愛情的滋潤，一種完美無瑕、完完整整的感情。

莎士比亞看男人與女人，強調理想男女婚約的神聖關係，在《馴悍記》劇中，不就說明了陰陽互爲饋補的道理嗎？男女的結合是天經地義的事，但若非緣情相合，必也悲劇一樁，《禮運．大同篇》「男有分、女有歸」，絕對是件美滿姻緣，而非迭做堆或盲目地受制不合情宜的禮教觀念下之犧牲品，美麗的搭配，方能衍生出和諧的天地，在人類悠久文化的感情傳統裏，我們何其渴望理出一條屬於兩性浪漫而又美感眞情的道路呢？尤其，在今天高度工商業化的社會裏，諸多傳統觀念爲現今生活情狀、及外來文化刺激所衝擊，有逐趨式微的現象產生。可是，儘管生活中一切都在急速轉變，但人類的愛，是永不止息的，尤其是男女的情愛世界裏，永遠是沒有時、空的差異，但其中所造成的悲、喜姻緣，卻往往因不同的時間、空間，而有相當大的差異，今日的兩性，尤其是中國的男、女，要如何的傳承中國以往歲月裏的千種風采，把愛情尊嚴重建起來，讓其處於最佳的經、緯度之間，我們渴望看到的是今日社會的禮法，是建立在一個健康而合乎人性的愛情觀裏，使每一個相愛的人，能立足於人倫的綱常，愛的適得其所，有寬濶的天地，卻能不逾矩，有浪漫醉人的氣氛，卻可以不艷奢侈靡，矯情浮濫。

■中國的愛情關係

若想理出屬於我們這一時代中國人的愛情觀，除了參照西方文化的情愛理念之外，最根本的還是溯原祖先們的情感世界，取其利，去以弊，方是一套眞正合適於現階段中國男女談論愛情的理想標準。

當我察訪書籍，對於老祖宗談情說愛的記載，至今似乎仍未見著有人作一極有計畫而周詳的源流考證，我們可以看到《中國文學發達史》、《中國小說發展史》、《中國戲劇發展史》、《中國神話故事》等學術研究的論著，但就翻不著「中國愛情發展史」可供人參考。因此，特借重「臺大」葉慶炳教授所編《中國古典小說中的愛情》一書中的引言，作一歸納介紹。葉先生德高望重，才識豐贍，爲傳師錫壬之先生，於此斗膽的自居其再傳弟子，望葉先生能一笑置之才是。大學時曾數度聆聽他講演，詼諧幽默，誠乃大師之風，當然，對他的論作更是欽佩誠服。

葉先生在這篇引言中，就史籍資料的考證，將中國的愛情觀，分爲幾個階段來探討，現就其論敍菁華，歸納摘錄條列於後：

一、先秦兩漢有愛情詩而無愛情小說

先秦兩漢用詩歌來表現愛情，《詩經．國風》許多愛情詩是眾所週知的，到了漢代，民間樂府中仍保存一些愛情詩，如〈上邪〉這首短歌，唱出男女永不分離的誓言；〈孔雀東南飛〉的長詩，則描述一對不願被拆散的夫婦，以身相殉的悲劇故事。葉先生爲了強調在漢代禮教束縛之下所造成的悲劇，特引述《詩經．齊風．南山詩》：「娶妻如之何？必告父母。」又說：「娶妻如之何？匪媒不得。」娶妻固得稟明父母，明媒正娶，然當事者還有相當大的自主權。但到了漢世禮教盛行，由「必告父母」、「非媒不得」演變成「父母之命，媒妁之言」，父母由參與變成了一手包辦，於是，婚前的戀愛被禁止，夫婦之愛亦摻雜許多道德束縛，許多原應擁有的幸福，徹徹底底的被犧牲殆盡。

二、由魏晉南朝的志怪書來看愛情

怪誕風氣是魏晉時代的一大特色，如竹林七賢中的阮籍，不守「叔嫂不通問」的古制，逕與嫂子話別，甚至醉臥酒家婦身側而不避嫌疑；劉伶則赤身裸體，言以天地爲屋宇，以屋宇爲幝衣，還嘲諷客人爲何走入他的幝衣當中？在這種風氣的衝擊之下，婚姻雖仍是「父母之命，媒妁之言」，但禮教的約束已轉變較爲鬆弛。唯士大夫階層所受之禮法約制，較民間來的嚴謹，然人性渴望熱戀情感的奔瀉，卽如水之就下，是一種本然的天性。因而，當時士族人士在現實生活中無法得到的，就巧妙的透過風靡的志怪小說，在想像的世界裏獲得補償。如曹丕《列異傳·談生》，干寶《搜神記·弦超》，戴祚《甄異傳·秦樹》，基本上都套住一個固定模式，女方必爲鬼怪，結局因幽明殊途，雖結爲露水姻緣，亦無法享偕老之福，這些女鬼與男士的熱戀情愛，葉先生稱之爲「女鬼的愛情三部曲」。

當然，人鬼相戀的情感，可以說是現實中的補償心理，到了唐代，愛情的故事就逐漸與神奇怪誕之說脫節，落植於現實生活當中。葉先生引《唐人傳奇》皇甫枚筆下的步飛烟，因背著不解溫柔的丈夫和深愛的人幽會，後遭丈夫發現鞭笞而死，臨終前曾有一嘆：「生得相親，死亦何恨！」如此悲慘境遇，全係不合理婚姻制度之下的有力反擊。

愛情是人類最原始、最自然的感情，過份的壓抑或放縱，必造成不幸之悲劇，我想葉先生必是分寸掌握最爲適切的人，否則，怎能讀到他描寫天倫歡情，喜樂洋洋的文章呢！我們看到清代《聊齊志異》及《閱微草堂筆記》中，也因禮教逾凌於基本的感情性與愛之上，而產生了哀怨纏綿之事。在如此傳統的禮教上，婚前的愛情受到排斥，婚後的性與愛更混淆莫辨，因而，在《灤陽續錄》卷五可看出紀昀一面承受傳統的愛情觀念，一方面也透露出他修正的意見出來：「若癡兒騃女，情有所鍾，實非大悖於禮者，似不必苛以深文。」語雖含蓄，但已有鼓勵自由戀愛之味了。

美滿姻緣為齊家之本

前文所言「感傷言情」一直是中國幾千年來歌頌讚歎的愛情觀，然到了清末民初，「鴛鴦蝴蝶派」的作品，總結了中國舊式感傷言情的風格，尤其是「五四運動」之後，中國式的愛情經歷一次狂飆劇變，西潮衝擊，使得中國知識分子對愛情有了新的看法，這和前面所談「五四」的女權運動，也有相通相契的關係，反封建、反舊禮教、反傳統婚姻愛情的觀念，激烈的燃燒著，我們可由郭沫若早期的詩和徐志摩的作品中，看出代表那個時代中國人的愛情觀，甚至，徐志摩更以身試情，和陸小曼演出一段火般的戀情婚姻。這固然打破了往昔禮教的傳統，但他們婚姻的結局告訴世人，傳統禮教雖有諸多不盡人情，且幾近冷酷的約制，但全然的衝破或對立，都不是最好的處理方式，甚而，比嚴守傳統的愛情觀更為悲慘的，也大有人在。

我想一種合理的道德準繩，應由人性的本然來看，中國的人倫體系，幾千年來不但為知識分子所推崇，亦為治國安邦的根本，是以現代人的愛情觀即應架構於此，以人倫為經，以個人情愛眞誠為緯，交織為一個屬於中國人的愛情道德，我們不要淡淡哀愁的怨婦，更不要為了維持表面而使苦痛蟄伏的婚姻，但我們也懼於看到西方合則來、不合則去的浮濫愛情，我們需要健康明朗、快樂活潑的愛情，架築成美滿姻緣，也因此方能論及齊家、治國、平天下的理想。

■ 願天下有情人皆成眷屬

古往今來，愛情往往因爲殘缺而愈顯其偉大，如果羅密歐和茱葉麗雙雙白頭偕老，焦仲卿和劉蘭芝恩愛至終，似乎都不成爲膾炙人口的文學愛情故事。要達於愛情極致的，大底皆有一方或雙方拋棄生命來詮釋，這雖然表示了愛情的純眞，但站於人道立場，時間將會改變一個人面對事情的處理原則，彼此相愛，誠然願以生命相許，但設身處地而想，我們可願所深愛的人，在陽壽未盡之時，爲了愛己而共赴黃泉，或鎭日捧讀生前照片，失魂落魄？眞愛一個人，應在不違犯天倫和諧的範疇中，祝禱他擁有一個更幸福的春天。

今天，愛情觀受西風影響，個人價値主義逐趨擡頭，但不免使人有過度開放之虞，因而，此際讓我們回顧傳統的中國愛情，再參照「五四」時代急劇想扭轉突破的作法，兩相映照，不難發現，神聖的愛情，絕不能流於片面或是極端的，愛情自身是如此美好，但不能忽視她本身所存在實質的道義和責任，生前身後都要勇於面對，在道義和責任的基本態度上，兩情相悅，必無性泛濫之憂慮，更毋庸躭心禮教束縛之下，苦痛磨折的悲劇發生，男女的「性」和「愛」因之能生生不息，也使愛情的極致，富有個人與羣體的積極意義。

無論是紅葉題詩的佳話，或者天作之合的愛情，絕非遊戲人生或過往雲煙，聚散合離，莫衷一是，它應該是洋溢天機，融融泄泄的非凡樂章，有所情鍾，正在我輩，當體察先民睿智意識，曉悟自我生命及尋求伴侶的奧衍大秘，唯願天下有情人皆成眷屬，二人同行交疊，歷練各樣人倫關係，發揮愛的至德大用，使情感在生命的交替中，給予人類智慧無窮的啟廸。

給我自然的明媚

■且讓清談淨我心

春假偕同友人們攜眷前往中、南部地區，享受一季的暖暖陽春。我的心，平日朝夕面對車水馬龍，趁此去敲響水岸邊清澈鑑人的景緻，或者縱情於一片無垠翠盈盈的竹林，望著濛濛山羣，我默默地向自己說：

我知道春天就在這裏。

友人安排我們住於嘉義蘭潭邊的「東洋別墅」，大清早兩家人捧著剛煮好的咖啡、烤烘的麵包，信步至別墅的「歐香花園」，品嚐法國式浪漫的情趣，大夥兒暢意的談著，不禁讓我聯想起一千多年前魏晉時代的清談。雖然，此清談後來變了質，部份流爲荒唐怪誕之說，但處於今日忙碌的工商業社會，人與人之間，不也該適時作一番理性不失的清談嗎?

「純任自然」是清談主要內容，包括了老子、莊子和周易的玄學，以現代的眼光來看，所談的是一些非常抽象的概念，此屬哲學範疇中超物質的、論究一切實在原理的形而上學。

若要論及清談的源由，則可追溯至秦漢之前，尤其到了漢初，黃老思想瀰漫，使得道家清靜無爲之中，夾有神怪色彩，如張良辟穀、漢武帝鍊丹，藉此想求得長生不老，當然無法如願，故至東漢，士大夫階級就轉而崇拜老莊思想，如王充：「長短有期，生死一時，猶入黃泉，消爲土灰。」其中雖涵有莊子齊生死的思想，但仍不免有灰頹、黯淡的色彩。王充此說，若針對漢初長生不老的荒怪思想，誠然可取，有勇於面對現實人生的求眞態度，可惜的是他未能理出在生死一時的刹那間，把握稍縱卽逝的片刻人生，使其綻出亮麗光耀的火花。

任何一個時代的民風，必受當時政治環境的影響，東漢末年，桓、靈二帝的黨錮之禍，迫使知識分子走上清談取樂、遁世養生的路途，如孔融、禰衡、仲長統、鄭泉等人，視生命如螻蟻，如此輕視生命的態度，大大地影響魏晉的清談。

仲長統有詩曾云：「逍遙一世之上，睥睨天地之間，不受當時之賞，永保性命之期。」又有：「寄愁天上，埋憂地下，放散六經，滅絕風雅。」《遯翁隨筆》說仲長統的詩，承繼莊子、列子思想，莊子、列子都是曠達思想的祖先，話語隱晦，意義卻很深遠。因此，有人將仲長統這兩首詩，視爲魏晉清談的種子。

今天，我之所以倡議在生活中，何妨藉古人清談的方式，來刺激我們對生命的肯定，以及浸泳學術領域的眞知探討，彼此互作腦力激盪，總比閒暇之時，以麻將、大家樂、宴飲來排遣要好得太多。前文所言，古代知識分子清談內容自和今日大不相同，因爲，時代、政治、經濟所匯聚而成的社會型態相異，我個人的期許，則是藉大自然的原始風貌喚醒吾人了解祖先們曾以清談的方式，做好雙向溝通，處於此物質凌越精神層次的社會中，果若能藉此返璞歸眞，取前人智慧的方法，作好我們積極而自然的生活內容，素質的提昇，自不待言。

■ 自然才是萬能

生活素質涵蓋面極爲廣泛，各個層面之間，有着互補、相當程度的抵換（trade off）關係。因此，在總體的生活素質層面，應該包括自然的或人工化的生存空間，人際之間的各種關愛、情感與尊重，以及維繫人與人、人與物、人與自然界和諧共處所必須的法令制度，和人們共同肯定的道德規範。譬如：自然環境、實質環境、政治經濟環境、教育與文化、休閒與娛樂，外交與國防等。

多樣性、選擇性及穩定性是維持高生活素質的重要因素。一九八七年四月二十四日《中國時報》就生活素質作了一次生活版特別製作專題報導，參予學者專家紛紛提出各自的意見，頗能啟迪現代人的觀念，現謹擇其大要，轉錄如後：

陸光（生活素質研究中心所長、師大教授）：

提昇共同生活素質，應該先破除自私，以自覺的超我，克制本我，隨時考慮到別人。……在道德、法律這兩方面的社會約束力上，也應加強。尤其法律應該訂得更具體、更有層次。

詹火生（臺大社會系副教授）：

救助制度，可從三方面着手；①金錢救助……②福利機構……③社工人員……乞丐的恥辱是屬於社會大衆的，因此，更要由政府從制度來根本解決！

張晃彰（北市環保局主任秘書）：

環保局設有二十四小時待命的衛生稽查大隊，隨時出動稽查環境、水源、噪音等的污染；除了希望大家愼勿違法，更鼓勵大家勇於檢舉，善盡社會瞭望的責任。

由上面節錄的文句中，不難發現日常生活中常聽聞到的國民生產毛額、平均國民所得、人民所擁有的冰箱數、轎車數、住屋數等，並非全能反映生活素質的高低，否則，怎麼使執事者有此措舉。今天中華民國的富庶生活中，除了豐衣足食外，我們還面臨到：

——空氣、水及噪音的污染。

——逐漸增加的水患及其造成的生命損失。

——水庫的淤塞。

——更多的食物中毒、呼吸性疾病及其他的「現代病」。

——森林及土壤的流失。

——無害或有益物種的消滅。

——有害物種的激增。

——風景區的破壞。

——自由活動空間及野外地區的減少。

上述的生態素質及生存環境低落，給我們七千五百一十二美元（以二七・三元臺幣兌美元匯率）的國民平均所得實爲一大諷刺。如今，大多數的人，正在因昔日不考慮自然環境的維護，付出沉痛的代價。如果，全國上下皆能重視人是無法違背自然，不論人類智慧多麼優秀，當以自然爲宗，才是上智者。

■ 文化的生存空間

身處於這個轉型期的社會裏，價值的取向似已由表面化來替代，通俗的作品，才是大眾的口味；促銷手段的精良與否及廣告費投資的大小和產品的優劣成正比，在一個以經濟利益決定一切的社會裏，那兒能尋覓到文化生存的獨立空間？

威廉姆斯（Roymond Williams）曾指出：「文化乃指表現某種意義與價值的特定生活方式，不僅存在於技術與學問中，而且存在於風俗與正常行爲中。自此一定義來分析文化乃是澄清在一種特定生活方式裏，暗示或明示的意義與價值，一種特定的文化（a particular culture）。」可知文化絕非是形而上之學，它和整個時代的人、事、物具有緊密結合的關係。由另一個角度而言，人的觀念同時也決定了所置身時代社會的思想、行爲，以及一切的文化活動，兩者之間係屬一整體性的問題，我們無法孤立特定的時空來論定它的意義。

因此，就文化本身來說，永遠沒有過去式，它永遠是活生生的存置於我們現階段的生存空間裏，雖然，不同的時代、不同的歷史會有不同的表現方式，但人類長久以來即以本能的自然意識型態來處理、消融文化的時空性，即如今天我們以二十一世紀的人心來品論十六世紀的作品一般，若要其間能互通聲息、揉和增長，勢必其間要存有一道橋樑，這道橫跨前後的橋樑，就是人性所共通的「自然之性」。

■從傳統中創造現代

這是一個屈辱的世紀，
這是一個尋求富強光榮的世紀；
這是一個失落的世紀，
也是一個民族自覺最強烈的世紀；
這是中國傳統解組的世紀，
也是中國現代化的世紀。

上列所引述的爲金耀基先生對傳統而古典的中國，所作深刻而精闢的描述，短短數十個字，道盡了近百年累累創痕，身處此時，無論在價値系統或行爲態度，都呈現着新舊交融更替的變形。我們不能否認傳統，也無法肯定未來，唯有珍視今朝，努力做好傳導延續命脈的角色，使這座承先啟後的橋樑，牢牢的扣住傳統，延伸至明日世界。

社會學家司密斯（A. D. Smith）曾說，傳統與現代不是對立或互斥，而是交錯與穿透的。念舊懷古誠爲高尙情操。但也勿因此而翳障前瞻的眼光，我們必須在傳統中創造現代，在現代中光大傳統。

在古典的文化中，有人或許評論清談的頹沉、消極，若以今昔政治環境相較，今日必無此顧慮。其內容順性發抒，切合自然之理，非常適合緩和現今功利主義的現實。魏晉玄談理論是「無爲而無不爲」、「我無爲而民自化」，認爲天地萬物都以無爲爲體，一切的變動作用都是順乎自然的。

歷代學者對於魏晉清談的評價大都予以否定，認爲談論之人專談玄虛，輕視名節，故有清談誤國之說，可是，審視他們的處境，不能不替他們申辯那股無可奈何的心態，孔子云：「可以仕而仕，可以處而處。」魏晉之士若如今日有可爲之時，相信藉清談自然之性，必可蔚爲一股清流，不必爲後代人批評其失了，我們可由前人文字記載中來證實清談者晦跡保命的苦衷。

宋代葉夢得《石林詩話》：「晉人飲酒至於沉醉，他們未必眞在乎酒，可能是當時大局沉悶，故意把心思寄託在酒上，以求保全，所以酒醉的人心未必醉。」

元代戴表元《敷山記》：「大丈夫已知才業無濟於世，寧可放浪不羈，藉以矯頑激懦。」不敢面對現實而逃避現實，固不足取，但能相約暢談學問，確是趣事。尤其現代人生活在緊張的環結中，內心空乏貧瘠，性格不穩定的人卽趣向紙醉金迷或自我痲痺的生活，完全忘了自然是最佳治療都市文明的良藥。

■至情至性的流露

當我們體仰前人智慧，心中存有厚道之情，敬之、愛之，此乃自然之性。祭祀跪拜，情不容已，天地君親師，懷恩不忘，無盡的仁厚惻怛之情，亦屬自然之情。江上清風，水間明月，耳得之自然成聲，目遇之自然成色。是以天人合一，爲自然的最高境界。

杜甫「水流心不競，雲在意俱遲。」賀知章「兒童相見不相識，笑問客從何處來。」前者寫自然之境，後者述自然天性，此中至誠至眞的流露，說虛不虛，亦玄非玄，就如同水中鹽，蜜中花，體匿性存，無痕有味，現象無象，誠如王國維《人間詞話》所言：「詩人對於宇宙人生，須入乎其內，又須出乎其外，入乎其內，故能寫之，出乎其外，故能觀之。」此語雖是靜安先生談論文學的理趣所在，但文學卽人生，兩者之間，又何嘗不是互通聲息的呢？

宋王安石〈書湖陰先生壁〉詩：「茆簷長掃淨無苔，花木成畦手自栽。一水護田將綠繞，兩山排闥送青來。」詞句雖寫田園風光，然讀此詩心意不覺和詩境相合，彷彿自身也如臨其中，此至情至性，亦即自然的最高意境。因此，莫論生活於大都市的人沒有自然之美，司空圖可以要求「不着一字，盡得風流。」吾人未嘗不能「不着表相，盡得自然」？生活中，深切感受到歷史的演進與經濟急遽發展之後，文明進步正受到極大挑戰，現代人在黑暗時代摸索行程，沒有自由、鎭靜和全面的延伸，我們時常在物慾的氣氛中失落了自己。其實，文明存在的要素是建立在滿足個人精神與道德臻於完美之境。生存的掙扎雖是雙重，然個人必須在大自然中發揮自身的才能來化解一切，藉著理性和自然冥合的威力，必能緩和當今生存的掙扎。

今日物質狀況所造成文明的危機，即反映了吾人雖引進大自然的力量，卻僅侷限其表現在機械動力中，服侍人類，結果，反而成爲阻止人類和國家利用在其控制之下的自然力量來對抗，如此發展下去，人類將會陷入遠比原始時代更可怕的生存競爭之中。

「尊重生命」是對自然最崇高的禮讚，無論每個人生活狀況如何，尊重生命使我們至情至性的流露天然的眞性情，衷心關懷四周的一切，以倫理和人道主義來超越個人的責任，使心裏體認，唯有當自己體驗出「凡失去生命的必將找到它」，我們的存在方具有眞正的意義。

在中國走向現代化的過程中，我們的思想是必須通過一己的獨立思考和實存體證，經歷千錘百煉以後，仍屹立不搖。如果，思想糊塗，生命的途徑自是曲解自然的舵盤而迷失方向。生命途徑的豁朗必在生命的清醒中，這需要全體國人提高警覺重視自然，尊重生命的學問，如果，意識不能貫注於此，則生命領域便將荒涼闇淡，逐漸漆黑混淆。

我們這一代在不平衡的觀念中受苦，我們有責任讓下一代在明媚的自然中，具體的感受到生命受尊重的生活。

昨夜有夢

■神往

「青青河畔草，綿綿思遠道，遠道不可思，宿昔夢見之。」恬適的心靈，和諧的氛圍，一直是我日夜所求的世界。而當不可思時，唯以夢裏企求一份摯情的關注。

日前，拜讀多華先生發表於《中國時報．大地》版一篇有關「夢」的文章❶，談論「夢」的起因與意識，在流逝的歲月中，有著迷人與弔詭的色彩。而我個人是個幾乎夜夜有夢的人，夢境裏，無論欣喜或惘然，往往成為我懸牽咀嚼之事。

德國化學家司徒都立茲（F. A. K. von Stradonitz）夢見一條蛇，蛇身扭結如多邊的環形，他因此而悟出苯的分子式，為有機化學開一新徑。若以佛洛依德《夢的解析》，蛇則為性的聯鎖象徵。是以，夢的語彙，轉換成視覺符號的潛意識心靈，眞的是因人而異。

❶ 多華著：〈假如，你做了一個夢〉，見民國七十七年四月二十一日，第二十三版。

著名的生理學者陸偉（Otto Loewi）在一次累極而睡的夢中所做的實驗，在醒後重做一遍，竟因而獲致諾貝爾獎。種種暗示或預兆，不能不讓我們對夢境有著無限依戀或迷惑的觀感。亞里斯多德說：「詮釋夢的技巧，完全在於當事者觀察夢境的能力。」這位希臘大哲認爲：訓練自我縝密的觀察能力，將可培養透視「夢」的銳眼。

而我，縱然無此能耐，卻也在生活中的步調裏，依稀的參映夢裏神往的情境。

■阿羅哈—夢的天堂

碧波萬頃，春如景明，搖曳的椰樹林，輕緩地向大地說聲：「Aloha!」浪裏乘風而行，街上輕盈漫步，在亮麗的光陽中，我們相視而笑。

阿羅哈！夏威夷！這個美國的第五十顆星，讓我第一次體會到什麼是渡假的滋味。懵懂夢境的歡樂、熱情，在這塊海島上逐一展現。

導遊風趣地說道：

來這兒渡假的西方人，大約在一個月至半年間，日本人則爲半個月，而我們中華民國的遊客通常停留到五天左右。

勤儉的特性，養成我們以苦爲樂，甚至苦中作樂的本事。國人以自己韌性、耐力爲榮，在如此惡劣環境中，依然可以塑造自然的情懷，樂天豁達的哲學。天人合一，正是吾土吾民努力的標的。

這裏迷人之處，是碧海、嬌花、浪漫醉人的音樂，以及四季溫煦的氣候、陶然自得的心境。連雲大廈，時髦而潔麗，流連其間，也不覺喧囂吵雜。商店街樸素大方，一件件大紅大綠的嬤嬤裝，陳列其間，友人戲稱：

你瞧，這些美麗的嬤嬤裝，把夏威夷的街道，清掃得多麼整潔啊！

綠草如茵，映階而坐，許多遊客身臥其間，如果，時光倒轉，如此閒情，倒不令人稱羨。今日文明，能有此閒情逸趣，眞教人羨煞！

清晨五時許，佇足於檀香山市的威基基海灘（Waikiki Beach），灰濛天色，隱隱露出一片天光，水柔似慈母的雙眸，我的雙足掩埋於沙灘裏，雖是異地，卻有難言的親切感。

曉霧乍開，天影倒涵，如是清淨，心底的根脈延伸至故國的河山，夜夜有夢，夢裏恒是白山黑水，江南柳岸，當我微睜雙眼，總有無限悵恨。

畫橋六曲遶湖頭，最愛晴煙柳上浮；
淺水籠雲橫晻藹，微風薰暖弄輕柔。

這首出自明朝高得暘的〈六橋煙柳詩〉，是爲錢塘八景之首的具寫。是以有人下筆稱歎「六橋」的花能泣、能笑，也能言。當煙雨繽紛，柔脂零粉的模樣，讓人有傷悲涕泣的哀怨。而其水淨霞明，紅粧綽約，怎不使人展顏歡暢。每逢雲停雨霽，芳顏欲醉的時刻，「六橋」似乎有千言萬語，欲說還休的嬌柔，美的情韻，深深地刻劃在中國古典的歲月裏。

文明的演進，若以人為中心的觀點，則徒使生命呈現空虛，失去意義。而智慧的哲思，是人滋養的源泉，正如陽光使萬物滋長，使人類獲得眞正的意義與自覺。細數夏威夷浪漫的景緻，讓我的心底襯映江南煙雨的戀情，這兩個截然不同的風光，竟同時在胸中回漾、激盪！

所能言及的，俱是自然的絕妙，除了清歡美夢之外，江南更添加一份濃郁的鄉情。

夢裏，一晌貪歡。

■自然的通路

歷史學者往往認為：實踐是創造生命最眞實的意義。不是行動的生命，就註定要面臨失敗。《易經》：「天行健君子以自強不息。」四時運轉，週而復始的自然定律，是神召，更是造物者的賜與。因而我們放眼以觀，先知、聖賢之士，都擁有行動的精神使命。

翻閱生命，不難明白，光燦與黑暗、尊嚴與卑微、正規與極端，無時無刻不在交錯紛雜，而匯聚成人類一部歷史巨著。到了紐約，如是感受，更為劇烈。

這個內容豐富、變化多端頻率的城市，讓我深切的體會到他獨特躍動的脈膊。他疾速似風的旋律，令人窒息。而靜默似水的風格，又往往令人眩惑不已。

我步行於曼哈頓區的街道時，心中釐不清是與非的觀念。心想：「這是什麼標準的世界呢？」

連雲大廈的聳立，縱眼不見盡頭，五光十色的店面市招，清晰的勾勒出大都會的現代風情。呼嘯而過的街車，在內心裏震盪出一支高低抑揚的樂章，澎湃的思潮，幾至蜂湧而出。

同行的比得爾（Piter），是位業餘的攝影師，他以美學的眼光引領我至聖派卻克寺院（St. Patrick's Cathedral），在尊榮的讚歎聲中，我頷首合掌，雙膝並跪於教堂中的禱告長櫈上，我的虔敬，並非僅源於這棟古老歌德式建築的教堂，乃是萌發自心底對上帝無我的愛，那份專注感佩的敬意。

英國史學家湯恩比（Arnold Joseph Toynbee）曾於一九七四年在《觀察家雜誌》上就能源危機發表意見，認爲可能因此而尊敬西方的獨裁統治。同時，他也以此現象提出希望：「物質沒落的社會，會有精神的提昇。」紐約的繁華，則更需架構於平實的精神內涵中，在自由的風潮裏，方能展露生機，洋溢生趣。

在湯氏的宗教哲學裏，他認爲所謂的「高級宗教」，就是人，不是人所認識的最高精神所在。雖然，大家各執一說，從神爲婆羅門（Brahman）或涅槃（Nirvana）如此觀念，到神是一個有位格的個體之觀念。唯一肯定的是：彼此皆反對人的崇拜，否認人爲宇宙之間最高的存在。於是，自然成爲超級的力量泉源，高級宗教的信仰者，覺得自己所面對的力量，遠比自己更爲強大，因此，自然和人是兩種不能置於極上的崇拜❷。

❷ 湯恩比著，胡安德譯：〈比較宗教的標準〉，見民國六十二年三月十日，《現代學苑》第十卷三期。

既不能並列崇拜，因有對等觀念產生，中國則以「天人合一」融之，人無法超越自然，但人必須溶合於自然之中。對天、對地，我們有一份難以言喻的敬畏和親切，天地之間的眾神，我們不也是以此待之？

聖派卻克寺院中，我以又敬又愛的心情，告訴了上帝：「祈求您賜福天下蒼生！」或許，今日文明際會之處，卽是明朝空曠的廢墟所在，古來多少歷史遺跡，印證了人類生命無常的寫照。紐約的十里紅塵，絕非恒久，而一道敬畏自然的通路，方能蔚爲常青的綠野。人類的慧心與理想，不應根植此處，長存千古。

浮生若夢

《列子》書中，認爲夢有「六侯」：「正夢」、「噩夢」、「思夢」、「寤夢」、「喜夢」、「懼夢」。《列子》以「六侯」來解釋「人爲什麼作這種夢？」和佛洛依德的釋夢理論「夢是願望的實現。」兩者互論，頗是相近。

《列子》以夢來探討人生哲學，因而，在他的探索中，睡夢與淸醒，那一個是眞？那一個是假？若以哲學眼光衡量人生，夢境的眞假是生命的弔詭，爲什麼會作夢，只不過是生活另一種延伸。

浮生若夢，現實生活中彷若夢境，似有若無，眼前每一瞬間都在變化、消逝，再也無法重現。在宗教的現象界裏，眞的是「是非成敗轉頭空，青山依舊在，幾度夕陽紅。」青山橫亙，綠水常繞，我的人生，我的夢，就依繫於此了。

有人認爲夢可彌補心中的缺憾，因此，有所謂的「白日夢」，也有人強調「日有所思，夜有所夢。」《列子》曾引述周朝一位名叫尹氏的人，急功好利，剝削手下伙計賣命，十分苛刻。有一位老役夫，不堪甚苦，每晚一下工，筋疲力竭，躺下便入夢了，

夢裏，老役夫是位權大無比的國君，暢所欲爲，逍遙快活，奈何天一亮，老役夫又得面對沉重的苦事。有人安慰他，勿以此爲意。豈料老役夫輕鬆的回答：

> 人生百歲，晝夜各半，白天爲人僕役雖然辛苦，晚上卻貴爲國君，快樂無比，那有什麼怨恨呢？

而他的老闆尹氏，白天爲錢傷勞，夜裏夢見變成僕役，經常被杖責斥罵，夢裏呻吟囈語，天亮方能解脫。

如此日夜顚倒，身分交錯，究竟又要如何來分辨人生的虛實呢？

自然的景象，尤其令我感慨良深。總覺山水是我臥躺的大地，細緻的景色，讓我留連；壯觀的氣魄，則令我驚歎；山水在我的生命中，無論是白天或者黑夜，恒是清秀、動人。

年前赴美時，曾旅遊一遍大峽谷，下午由機場搭乘六人座小飛機，俯瞰大自然以風霜雨雪一雙魔術師的妙手，將大峽谷的山峯變幻成奇特的風貌。當黃昏柔暖的光芒映照着一片巨巖時，大

峽谷刹時像燃燒的世界，火紅耀天。每一道光芒照射在巨大的奇岩高峯上，幻化成各種奪目的光彩，浩浩蕩蕩，美不勝收。

科羅拉多河日夜穿梭其間，如此奇壯峻異的地理景觀，人生不滿百，要討論的又是什麼呢？置身其中，是夢？是眞？似乎尋不出一個答案了。

《水經注》裏，北魏時期酈道元曾以袁山松之語，來頌讚大自然的風範，文中關於長江三峽有辯白之功。書記及口傳以水流疾速相互戒懼，忽略山水之美。而至袁山松親臨此境，方信耳聞不如親眼所見，三峽疊崿秀峯，奇構異形，本難以文辭敍述，只能體受到蕭林的林木，葱鬱茂盛，映於霞氣之表。無論仰首俯映，愈看愈好，流連此處，不覺忘返。因而，袁山松驚歎山水有靈，應當知千古以來難得有此知己逢世。

「灘頭白勃堅相持，倏忽淪沒別無期。」古人感受山水夢幻的情韻，和今人又有何不同呢？文字、地理、歷史、民情、風物，看來頗爲紛繁，卻都錯落有致的組入愛智者的心底。幽美靜謐的山川，清躍着先民的生命，浩浩的江濤，伴着嘹亮的歌聲，越發顯得故國江山的嫵媚動人。人生不就如灘頭迴旋激蕩的白浪，看似凝聚不散，卻又轉瞬淪沒，再也永無止期相見。

每一分鐘，靜似永恒，忽又淪沒，生命無常卽言此理。當我在青草地裏坐臥，草的和暖和自然的顏色，喚起我童稚的活潑。胸襟隨着漫長的山徑開拓，心地裏澄靜一片蔚藍天空，泛起飄盪的白雲，飄，飄，飄入青山綠水中，飄向性靈的深處底。

觀大峽谷之壯，或臨長城遠眺，芸芸眾生間，免不了得失、生死。唯自然景物依在。

唐．沈佺期有詩：

北邙山上列墳塋，萬古千秋對洛城，城中日夕歌鐘起，山上唯聞柏松聲。

生死存亡成一鮮明對比，其界定的分野，又是什麼標準？即如前文《列子》所引周朝尹氏和其老僕役，何人爲幸？不幸？何者是日？夜？恐難以世俗眼光衡量之。

人生如夢，夢似人生。昨夜有夢，夜夜有夢，既然是夢，又何必當眞？我們所追求的應該是夢醒以後的世界吧！可是，又有誰能帶引我們登臨彼岸。

一顆寧靜的心，一個澹泊的胸襟，該是成全我們夜夜有夢是清歡的最佳軌道。

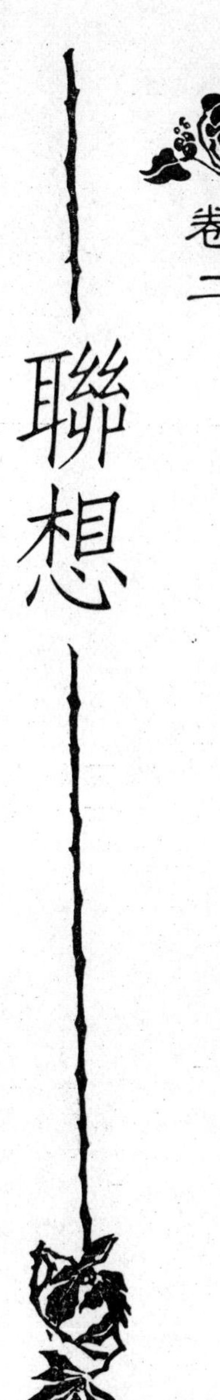

卷二

聯想

天何言哉

——孔子對祭祀的態度

■天人合一

中國哲學的思潮，透過了孔子系統化自覺性的理論，以同情忠恕來追求至善之境，亦卽是能够在體悟天地生萬物的仁心之後，奮然興起，參贊化育，以發揮生生不息的創造活力，追求所有生命的充分完成，此非僅求個人生命的完成實現，而是連同一切人羣與萬有之生命，皆涵融於恢宏的氛圍中完成實現，此卽儒家的精神傳統。

在整個儒家的精神系統中，以孔子居於導源之角色，由其傳述之道，可知儒家非常重視宇宙生生不息之德，與人類博施濟眾之仁。儒家認爲宇宙間永恆創造的歷程與人類積健爲雄的活動交融互攝，才能形成一種廣大悉備的生命契機，人類要領悟此理後，才能自覺天人一貫，物人一體，人人一本，這個大一統的氣象，見之於宇宙則爲通變神化的「易簡」之理，萬物各得其和以生，各得其養以成，形之於人羣，則爲中和位育的「忠恕之道」，足以正己成物，盡性終命。

孔子思想博大深邃，本文僅就其對祭祀之態度作一粗略之探討，言未及義之處，尚鑒祈諒。

和諧的生命精神

勞思光先生在《中國哲學思想史》一書中曾提到中國哲學原始發端應源自㈠和後世哲學理論有內在意義關係之觀念，如《書經》、《詩經》等。㈡和後世哲學思想之演變有發生意義之各種觀念。如先民早期信仰風俗中所含有之觀點。在這兩個大原則下，我們來看孔子的學說精神，雖非同於古代觀念及習俗，卻有革新意味之趨向，然孔子承周之文化方向，揚棄周以前各民族原始習俗及觀念，使我們肯定眞正的自覺應是由孔子開始，而要研究孔子革新創意之思想人格，必須由先民思想之脈絡開始探討，今天在祭祀態度方面，本文先由兩方面來探究孔子因循之方向源由，再來作正面之剖析。

一、原始宗教信仰蘊涵之天道觀念

(1)人格天觀念

凡國家皆起源於民族，族長爲一族之主祀，亦爲政治首長，是以古今中外各國之成立莫不經過政教合一的階段。中國最初的社會組織，和原始宗教有密不可分的關係，在八、九千年前，先民對於自然界許多現象和災異，既無力抗拒，也無法理解，於是將其歸諸一種神秘力量的原始宗教。先民的宗教信仰，除了有靈魂不滅的觀念，還具有圖騰崇拜，所涵蓋的古史年代，包括伏羲、神農、黃帝、少昊、顓頊、帝嚳、堯、舜、禹諸古代及夏代，此時宗教信仰不僅由祖先崇拜擴大到天神、地祇、人鬼。圖騰的崇拜，也由始祖降生的神話轉爲人格化的「姓」，《詩・商頌》：「天命玄鳥，降而生商。」商人相信他們的祖先爲玄鳥所生。

商人認爲最高主宰爲「帝」，上古及夏商周皆然，〈大雅・大明〉：「上帝臨汝，無貳爾心。」可知最高一神已確立，於是神意政治進爲天意政治，古代之天，純爲「有意識的人格神」，直接監督一切政治。如《詩經》：「皇矣上帝，臨下有赫，監視四方，求民之莫。」「有周不顯，帝命不時，文王陟降，在帝左右。」又如《書經》：「聞于上帝，帝休，天乃大命文王，殪戎殷。」兩經中此類文字甚多，由此可見古人對天有感覺、情緒、意志和人無異，人格天之觀念於焉確立。

(2)神鬼觀念

古代心目中，神鬼的世界和生人的世界有着密不可分的關係，神鬼操縱着人類的命運，因此先民在日常生活中每遇難決之事或無法解答之疑問，便出示占卜，以求神鬼解決指引。商代以前尙鬼神，至周時信仰神大半由人鬼出身，他們的地位是上帝所封的，如周人的穀神后稷，便是王室的祖先，信仰的內容大致和前人相同，但虔敬之程度卻遜色許多，周朝時朝廷中管理和鬼神交涉事務的正式官職爲太祝、太宗、卜正、大史，列國的名稱大致相同。

(3)命的觀念

人類理智與日俱增，往昔樸素思想不足以維繫對自然界之嚮往，於是天之觀念，逐漸醇化爲抽象，所謂「維天之命，於穆不已。」「上天之載無聲無臭。」「穆穆在上，明明在下，灼于四方。」可知天已漸由宗教人格神之意味演變爲哲學之範疇，即宗教的「神」成爲哲學的「自然化」。此觀念最圓滿表示見《尚書．皐陶謨》：「……天工，人其代之，天敍有典，敕我五典五惇哉。天秩有禮，自我五禮有庸哉，……天命有德，五服五章哉，天討有罪，五刑五用哉，政事，懋哉懋哉。」敍、秩皆表自然法則之總相，因則而有彝，自然法則演爲條理，此總相即後來儒家之所謂的道。其條理，則爲儒家所謂的禮，淵源皆出於對天之命所產生之觀念。《尚書．皐陶謨》：「天聰明，自我民聰明，天明畏，自我民明威。」詩經：「畏天之威，于時保之。」此皆足證在孔子之前，已有一種有感覺、有情緒、有意志之天來直接指揮人事的觀念，既而此感覺情緒和意志，皆化成爲人類生活之理法，名之曰天道。

二、先哲理念之萌發

談到這個磅礴浩瀚的問題，僅此引方東美先生《中國人生哲學》書中所作之譬喻來加以說明，這是個童話故事。相傳有位國王嫉妒教主豪華蓋世，極不甘心，有一天他向教主提出三個難題，限期回答，否則嚴懲，教主苦思良久，尚無所得，焦急的四處參訪聖人賢者，亦不得解。其間巧遇一牧羊人遮路相迎，教主憂心相告，這位牧羊者聰慧絕倫，便說：「等期限到了，我喬裝成您的模樣，答覆國王這三個問題，犧牲生命在所不惜。」期限已屆，牧羊人裝扮成教主，依約前往晉見國王。

國王問了第一個問題，「第一請指點宇宙的中心何在？」牧羊人從容把手杖往地上一插說：

「宇宙中心就在這裏，君王若不信，請穿地測量以爲驗。」國王無話可說，又問第二個問題：「第二周遊世界一匝，需時幾何？」牧羊者答：「明晨太陽從東方其來，君王若能駕身隨其後，從天而遊，由今晨至明晨，一日之間當可繞地一匝。」國王又問第三個問題：「最後請指出我心中所想的究竟是什麼？」此時牧羊人毫不猶疑的答道：「君王心中以爲我是教主。」一面說，一面還其原來面目，「君王請恕我無禮，並求爲教主解難。」從此國王佩服牧羊人的智慧，並且尊重教主的威嚴。

方先生說明這個故事已暗示了誰是中國先哲，和哲理的觀念。如果把那位尊嚴的教主譬作中國民族，那位險毒的國王則爲民族大敵，而傑特的牧羊人就是我們歷代的先哲，這些難題的答案，就是我們民族的人生哲學。

靜心而思，如果沒有牧羊人——這些啟發偉大智慧的先知先覺，來解決致命的難題——卽民族接連不斷的天災人禍，中華民族豈能產生光榮的文化，成立美滿的哲學？而這些是誰呢？由上古夏商周、孔子、孟子、老子、墨子以後比比皆是，此處因限於題義，故就孔子和其之前的先哲來探討。先哲於我們民族遭遇困難時，總能發揮偉大深厚的思想，培養溥雄沈博的情緒，使我們振作精神，提高品德，抵死爲我們推敲生命的意義，確定生命的價值，使我們於天壤間能穩住步伐。當我們遇著迷惑，先哲們卽有深刻的智慧可以化解，使生命能因寶貴哲學之沾溉而能積極的予以肯定。使生命的價值提高，身爲一個中國人，豈能不覺光榮。

《尚書・洪範》：「天子作民、父、母，以爲天下王。」〈堯典〉：「克明俊德，以親九族，九族既睦，平章百姓。」諸如此類的思想都是探索宇宙人生眞諦而窮極根底的哲學理念。如此萌發了孔子以後各家思想的奔競，使得中國整體思想而言，氣魄偉大，體系完備，又極富創造性。秦漢以後，諸子百家及其支流，魏晉玄談，宋明理學，無論如何分歧交錯，其哲學思想的風格，完全因源於此，縱使有完成不同之風貌，也只是從邏輯條理上求更清晰的說明，而並非哲學本體另一迥然不同的再創造，亦象徵中國思想扶眾妙，演養一種人我兩忘，物我均調的偉大人格。

■ 孔子對祭祀之態度

一、由原始天道觀念衍生的宇宙觀

前文述及商周之際，對天之虔誠可謂至極，至周幽厲王之交，宗周將亡，知識分子對於天，已大表其懷疑態度。如「昊天不惠」、「昊天不平」，對於天之信仰，已大爲動搖。主要是因喪亂之際，禍福無常，人類理性逐漸開拓，求其故而不得，則相與疑之，春秋時一般思想之表現，在左傳中已無稱說天意之尊嚴。當事理不可解，有識之士，卽以哲學家之眼光來批判，其中以孔子持論最爲中庸，「先天而天弗違」此和古傳統天道觀念已大有不同。中國古代「天」之觀念，是作一原始觀念，本指人格神之意義爲主，孔子以後，人文精神日漸顯透，人格神已逐漸喪失其重要性了。

孔子曰：「天何言哉！四時行焉，百物生焉。天何言哉。」《論語・陽貨》天地間隱含的奧妙無窮，是以孔子贊，於宇宙生命的玄秘，欣賞贊歎，以無言之美強調天地廣大浩瀚，生生不已，天德純生，如雲雨之滋潤，人物各得其養以茂育，地德成化，如牝馬之馳驟，人物遍受其載以攸行。天之時行，剛健而文明，地之順動，柔謙而成化，天地之心，盈虛消息，交泰和會，光輝篤實，其德日新，萬物資材，貞吉通其志，人類合德，中正同其情。孔子把宇宙人生看成純美的大和境界。「四時行焉，百物生焉。」這種和諧的關係建築在天人合德，生生不息之上，可稱爲「參贊化育之道」，簡言之，孔子由殷周先民的天道觀念衍生爲人是廣大和諧宇宙的一部分，是創造的原動力，由天道富有無窮生意以貫注萬物，一切物質與精神乃能在此生機瀰漫中浩然同流，人在天地之中以立，秉天地之創造性與順承性，故應效法天地，自強不息，在宇宙生命的創進歷程中，共同發洩至大至剛的創造力，生生不已，緜緜不絕，這些觀念證明了孔子儒家所特有宇宙和諧之關係。

二、傳統哲學理念之更新

孔子雖是承周之文化，卻有革新之意味，他揚棄了周以前各民族原始習俗及觀念，將人文精神由鬼神提昇至人道，故有「始作俑者，其無後乎。」〈先進篇〉亦曰：「季路問事鬼神，子曰：『未能事人，焉能事鬼』，敢問死，曰：『未知生，焉知死。』」可見孔子在祭祀之態度上已將當時人之觀念由前人神鬼的陰影中拉出。

史仲序於《中國文化與世界前途》書中言孔子爲「無神論者」，又有人說孔子是「有神論者」，各家說法紛紜不一。個人認爲孔子的中心思想認爲人是宇宙的中心，然亦敬天法天，其曰：「君子有三畏，畏天命、畏大人、畏聖人之言。」〈季氏〉「敬鬼神而遠之。」〈雍也〉「子不語怪力亂神。」〈述而〉顯示孔子敬天法祖的觀念和殷周先民的神祇崇拜全然不同，亦卽孔子不崇拜神權，亦不取原始觀念，不以人應對「神」酬恩，同時也不以爲人只應順某種神秘意義之宇宙規律活動，人必須「自覺」，必須對生命本身負責。

〈八佾〉：「祭如在，祭神如神在，子曰，吾不與祭，如不祭。」孔子強調祭祀之態度全然取之於人，人不心存敬念，縱然徒具形式，亦是惘然。這是智信而非傳統之迷信，是勉人爲善，愼終追遠，克盡孝道的宗教精神，是以毋須去辯論孔子是有神論還是無神論。他的心中有一個統領萬物的主宰，順其則昌，逆之則敗，此乃源自先民傳統的上帝觀念，孔子將其轉移爲宇宙生長的最高原則，萬事萬物皆不離其道。

孔子這種傳統理念的更新，可代表春秋時代一般知識分子對於傳統神權觀念之反省，使得人文精神日趨純粹化，人性自覺的理論基礎也逐漸奠基。人文精神的顯露，先民原始宗教逐漸失去勢力，宗教問題獲得新的處理方式，在其他國家如釋迦牟尼佛（西元前五六七年生）、耶穌基督、穆罕默德（西元五七〇年生）等宗教家，傳世愈久，便愈神化，失去固有人格。而孔子在世人心目中，永遠是人不是神，孔子學說雖稱之爲儒教，然是一種精神至尊至貴的信仰，孔學是極富宗教精神的。我們在此要強調的是孔子雖有宗教精神卻不崇尚神權，亦無原始之觀念，他認爲人要自覺之後敬天法祖，順宇宙生生不息自然原則，即是生命和諧的最高極致。

三、道德化神聖了祭祀的精神

孔子可說是人本主義之倡始者，他以道德化的禮教儀式神聖了祖先的崇拜，在孔子的祭祀精神中，我們可歸納出三點：㈠報恩於祖。㈡教孝。㈢教化之本。

儒家傳統的中心是禮，禮本來就是由宗教儀禮產生的人類行爲規範。《論語・八佾》：「子入太廟，每事問，或曰：『孰謂鄹人之子知禮乎？入太廟，每事問。』子聞之曰：『是禮也。』」由此段話可知孔子禮的素養及對禮的關心絕非輕率。《史記・孔子世家》記載孔子幼年遊戲「常陳俎豆，設禮容。」可看出孔子生長環境當與職司儀禮之人很有關係。

「禮治主義」即孔子思想中之基本觀念，孔子在強調禮之重要時曾說：「爲國以禮」。〈先進〉又說：「能以禮讓爲國，如禮何？」「興於詩，立於禮，成於樂。」「不知禮，無以立也。」孔子對禮實推崇備至，而禮之最早意義即蘊含於先民的祭祀觀念中，是以孔子在其思想之抒發中始終不離禮之精神，尤其於祭祀之態度上更是如此。

前文曾言〈八佾〉篇「祭如在，祭神如神在。子曰，吾不與祭，如不祭。」孔子祭祀是由道德心靈出發，爲了感恩祖先，爲了教忠教孝，更爲了達到教化之功效，雖非祭神，卻藉祭祀的儀式莊嚴肅穆的表達祭拜者的虔敬心意。若能誠摯明示，禮自然融於其中，人格教化必逐趨仁善，必能薰陶出生命的楷模和儀範，人人可以力行，可以養情，可以正性，可以審類，於祭祀時本此精神再和音樂詩歌及其他藝術鎔合，即可美化生命，昇華性靈，臻於政治社會中理性生活之美。

■讚天化育

孔子體讚天地，追原天命來探索中國先哲道德生活中的根源，以祭祀之虔敬心態，敬天法祖，以「四時行百物生」說天，他認爲天命、道本和天志都是生命之源，人們憑藉其創造生機臻入完美境界，即可與天地合其德，與神性同其工。因而儘管勞思光先生說孔子的思想態度仍是趨於保守，他在努力維持先哲理念當中，設法再賦予新的思想內容，加進新的意義，這是一種保守的態度，更是尊重傳統的精神表現。

馮滬祥先生於民國七十二年《東海學報》·〈儒家對神的觀念〉之論述中談到儒家對神之觀念有八點，愚頗同感，今僅引其中之六處，作爲本文之結，馮先生論識宏瞻，跌宕不羣，就儒家對神之觀念，確有深入之剖析，令人敬佩。

一、視神爲宇宙的創造者，而人則爲參贊化育的參與者，因而得以同時肯定「天」與「人」的偉大，然又不同於基督教義的人格神。

……

四、儒家的神性同時也有代表至誠，此所謂，至誠若神與懷海德所論之宗教本質極爲神似。
五、儒家的神性基本上來自憂患意識與悲憫精神，此亦與懷海德論「孤寂」之宗教感甚爲接近。
六、儒家的神有其至高的超越性。
七、儒家的神亦同時有其至深的內在性。
八、儒家的神更爲至善的代表，而且人與神（天）之間並無鴻溝，此特色亦與一般基督教義有所不同。

綜合言之，孔子所代表的儒家，由其祭祀的態度所衍生的哲學理念，當是天人合一的境界，更是愼終追遠、敬天法祖的道德情操，是孝的延伸。孔子讚天化育賦予「人」新的意義，以禮來轉換宗教的精神，望後世子民凡事莫寄望神鬼，當敬天地，將原始先民的神鬼陰影拉回至人文主義，此時此刻，深研其義，實具深厚意義。倘若人皆能敬天法祖，皇天后土，實所共鑒，盜竊亂賊必不作，則家國幸甚！蒼生幸甚！

聖人‧先知‧詩人

——試探莊子的人生藝術

■蝴蝶夢

長久以來，哲學上存在一個老問題，在人與外物的契合交感上，到底應該以什麼角度來探討較爲合適？若以認知的態度來研究，那麼，兩者之間的割離在所難免，此和中國天人合一的圓融和諧，又存在著一段距離，如果，以此來解析中國先哲的思想，更讓人有涇渭之慨了。這個問題，我們在莊子身上尋得了解惑之匙。莊子透過「美感經驗」，藉蝶化的寓說來破除我執，泯除物我的割離，使人與外在自然世界，成爲一大和諧的存在體。

昔者莊周夢爲蝴蝶，栩栩然蝴蝶也，自喻適志與！不知周也。俄然覺，則蘧蘧然周也。不知周之夢爲蝴蝶與，蝴蝶之夢爲周與？周與蝴蝶，則必有分矣。此之謂物化。

——《莊子‧齊物論》

莊子將人轉化爲物，並藉物來比喻人類的「自適其志」。志趣理想如蝴蝶翩翩，逍遙自適，毫無羈絆，可以逞大海之上，更能馳原野之中，與自然融合爲一。若以今日科技現代化的人類而言，行動思想受制於機械，爲物質所奴役，現代人深沉的象徵就在這層層設限中，衍成作繭自縛的景況，莊周夢蝶實有其特殊意義。

尤其是「物化」的觀念，一直是我執著所無法面對的事實，死亡漆黑的世界，爲人所懼。可是，莊子認爲人之初始，本來就沒有形體，其後形體造成，而至於復歸消解，生命的誕生到死亡，只不過是形體變化的過程而已，是自然界物化的一種現象，死亡爲形體轉化成另一種形體，卽如像物化後的莊子，栩栩然飛，不亦快哉，可見莊子將死生的對立融爲和諧的境界。

「鼓盆而歌」反映出莊子對生命豁達自然的觀點。

莊子妻死，惠子弔之，莊子則方箕踞鼓盆而歌。惠子曰：「與人居，長子，老身死，不哭亦足矣，又鼓盆而歌，不亦甚乎！」莊子曰：「不然，是其始也，我何獨無慨然！察其始而本無生，非徒無生也本無形，非徒無形也而本無氣。」

惠子責難，是出於人世常情，卻免不了落於死別生離之苦，而莊子卻以另一個美感角度來看人生，因而，在他深思熟慮之後，發現妻子起初原本無生命可言，不僅沒有生命，而且，還沒有形體，沒有氣息。因而，莊子認爲人的生命是由於氣的凝聚，人的死亡則由於氣的渙散，在若有若無的虛空世界裏，先有氣，氣再變成形，形則衍成生命，而復歸死亡，如此生來死往的變化，就如同春去秋來，四時更迭一般，莊子擺脫了鬼神對於人類死亡的恐懼感，將生死視同自然的現象，我們姑且不論這番論點是否合於科學的理論，但是，這般曠達灑脫的心襟，卻是汲汲營利的現世人生所宜深鑒細思的生活態度。

〈養生主篇〉庖丁解牛的故事，莊子筆下的庖丁所好的是道，而其道是因技而見的道，是現實生活中最切身的體驗，故不帶任何神秘色彩。由「所見無非牛者」進而「未嘗見其牛」，更進而「以神遇，而不以目視，官知止而神欲行」，如此歷練的功夫，是美感的詮釋。而原本吃力的解牛工作，卻因莊子精神的解放，而有「爲之四顧，爲之躊躇滿志」的心領神會，這也正說明一個人的修養，起初執我、有我，所見皆牛，繼則忘我，此時已未嘗見全牛了，最後與物冥合，和牛融爲一體，萬物合一，此亦是至人的大通境界。

人生如夢，何不學學莊子，合於自然之中呢？「善吾生乃所以善吾死」，人生的價值往往是需要重估的。

■ 自然之美

莊子崇尚自然，肯定人，也肯定物，大自然的美洋溢著生機無限，在〈齊物論〉中，人籟、地籟與天籟，俱爲一體，在美的觀照下，這世界蘊含無盡藏的美，使耳得之而爲聲，目遇之而成色。〈知北遊〉便曾發出由衷讚嘆：

> 天地有大美而不言，四時有明法而不議，萬物有成理而不說。聖人者，原天地之美，而達

萬物之理。

莊子同西方哲學最大不同之處，即是西洋哲學將自然與人的關係，處於對立的分割狀態，遂導致兩者之間發生衝突與鬪爭。如羅素談到人類的「三種衝突」時，一開頭就說：「人的天性總是要和什麼東西衝突的。」並且，把人發生的三種鬪爭中，「人和自然的衝突」列爲第一種。這種把自然視爲束縛、對立的觀念，激發起西方人窮畢生之力來認識自然、克服自然，連帶的也促進西洋科學知識與技術的發達。因此，當我們看到西方人征服了大山、海洋，做出了許多創世紀的措舉，也就不會瞠目結舌了。

而在莊子的心裏，廣大自然是活潑生命的流行境域，自然本身，即含藏至美的價値，自然是生我、養我、息我的場所。莊子的自然觀，影響後人很大，這種思想可說是代表了中國人心境上一個顯著的特徵。

魏晉時的陶淵明，整個人生的哲學理念裏，都洋溢著浪漫的自然主義，在他的思想裏，雖然免不了有律己嚴正的儒家精神，以及佛家空觀與慈愛的悲心，但是，主流的思想深處，卻是老、莊清淨逍遙的自然無爲。朱熹曾說：「淵明之辭甚高，其旨出於莊老。」儘管淵明仍受制於衣食的掙扎，但其心不爲物所役，是傳承莊子思想的最高境界。

結廬在人境，而無車馬喧。問君何能爾，心遠地自偏。……——〈飮酒〉

少無適俗韻，性本愛丘山。誤落塵網中，一去三十年……曖曖遠人村，依依墟里煙。……

久在樊籠裏，復得返自然。——〈歸田園居〉

因著這些淡薄自然的思想，提高了魏晉浪漫文學的地位，建立了田園文學的典型。然有人認爲此係消極避世的落寞人生，我們可由梁朝蕭統的《昭明文選・陶集序》中得到最肯定的答案。「觀淵明之文者，馳競之情遣，鄙吝之意祛，貪夫可以廉，懦夫可以立。」淵明的生命是與自然結合，永恆不滅的。

文學大宗蘇東坡，後人視其爲詞壇革命者，以浪漫的精神和改革的態度，予中國詞壇破壞和建設的轉變，開闢嶄新的局面。其實東坡只不過是展露自然的原性罷了，論其爲革命之人，卽是矯飾至性，不見自我，忽略了眞誠的可貴。蘇軾的〈赤壁賦〉文中，充分的映顯出他愛老、莊，愛陶淵明，蘇子將水、月盈虛消長視爲自然之現象，而賦予其永恆的生命。因此，有「自其變者而觀之，則天地曾不能以一瞬；自其不變者而觀之，則物與我皆無盡也。」東坡以道家作爲生活哲學，使他在人生得到解脫，在許多痛苦悲傷中悟解人生的意義。因此，他雖浪漫熱情，卻不流於縱慾殉情，雖自由高蹈，也不致趨於厭世避俗。獨立自存，優遊自適，東坡完全參透了道家思想的精髓。他留給我們的，就如江上清風、山間明月，是取之不盡、用之不竭的，這也是造物者自然無盡的寶藏。

自然之美是表現於無言的。日常生活中，我們可曾由大自然的默察中，引伸無言之美的讚歎？

「安樂死」的存廢問題，曾經引起社會人士廣泛而熱烈的爭議，贊成者認爲這是釐清社會負擔最好的辦法，呼聲如浪潮般的幾近湮沒反對者的籲請。有一位輔大神父，以宗教的立場，說出他任教學校的一個實例，植物人的需要關照，正是激發人類愛和同情的最好源頭。這位神父舉了他校內一位優秀的神父，因患病成了植物人，學校的學生以至外界的人士，自動的輪流看護，因著神父的患病，而使得許多人體認到施比受有福，內在的愛心和友誼，如源泉不斷的奔湧而出。

美國女星伊麗莎白·泰勒也認爲痛苦的經驗，可使一個人更能體會什麼才是眞正的幸福，因此，她不逃避。日本一位藝術家也說愈是痛苦的生活，愈能激發人類潛能的發揮。上述的實例中，植物人的負擔，痛苦的生活和經驗，皆是我們所不願面臨的事實，可是，由另一個角度來看，未嘗不是引發人生境界更高一層的原動力呢。

無用之用

雖然，每個人的生活觀念不同，但若出自主觀成見的判斷，則不免失之偏頗。因而，主觀成見越深的人，越是見道不明而把握不住人生的正確方向，失去了它淸明的判斷作用。《莊子·逍遙遊》篇中，曾有一段惠子和莊子兩人對五石之瓠的用處發表意見。惠子認爲五石之瓠，大而無用，既不能盛水，也不能作爲裝水用的瓢，正是大而不知如何處理，於是，將它擊碎。莊子笑他是「猶有蓬心」，不知這個大葫蘆仍然可以作爲大酒樽，繫於腰間，遊浮江湖，怎麼無用呢？即使眞是一般人皆認爲無用，因無用而彰顯他物的有用，無用之用，不也是一種用途嗎？

尤其在後段文字中，惠子向莊子慨歎，他雖擁有一棵「樗」的大樹，但此樹的樹幹木瘤盤結，不能合乎「繩墨」；樹枝彎曲，又不能合乎「規矩」，長在大路上，經過的木匠正眼都不瞧它一眼，連帶的莊子言論，亦同大樗樹一般，大而無用，大家都不肯相從。

如果，以世俗實用的觀點來說，惠施這段話言之鑿鑿，十分合理。尤其今日科技掛帥，財經爲上，社會上瀰漫著濃厚的功利主義，大家斤斤計較於眼前的事物，這也正是導致「大家樂」瘋狂、股市狂飇最大主因，殊不知世上諸多事物的用處，雖是間接而不顯著，然而，重要性卻遠超過於直接而顯著有效之事物；今天周遭的功利思想，使人迷惑金錢至上，物質有用，是悲劇誕生的肇因。

所以，莊子回答惠施「今子有大樹，患其无用，何不樹之於无何有之鄉，廣莫之野，彷徨乎无爲其側，逍遙乎寢臥其下。不夭斤斧，物无害者，无所可用，安所困苦哉！」莊子將「無用之用」落實於逍遙的人生思想中，即是要人去掉主觀的成見，就是道家的「無己」，一個沒有自我主觀意識的人，便是修養最高的「至人」了。

讀歷史，許多知識分子因懷才不遇，而憂鬱以終，莊子的「無用之用」不知拯救了多少中國智士的危機。尤其他在〈人間世〉篇「山木自寇也，膏火自煎也，桂可食故伐之，漆可用，故割之。」這和〈應帝王〉篇「虎豹之文來由」的道理是相通的。就連嚴謹自律的儒家，孔子也發出了「可以仕而仕，可以處而處」的喟歎，因之，在整個中國知識分子的心靈上，莊子「無用之用」的人生哲學，引領悲憤抑鬱的精神，進入一個豁然開朗的清明世界。

道家的積極、入世，由此可得一明證。

■源自心靈深處的奮力自發

一種科學的信念，不是來自我們靈魂的表面，而是源自純粹理智所認可的信念，那就是心靈的深處。歌德說過：「喉間哼出的歌聲，對唱歌的人來說，就是完美的獎賞。」心靈的動力會激發自我的投入，而產生堅定的信仰，並且，是在充滿著愉快精神的景況中，產生、成長而開花成果。浮士德也告訴我們說：「親愛的朋友，一切理論都是灰色的，而繁盛的生命樹卻是青色的。」如果，就實證主義之需要「實證」而言，此話未免失於武斷些。我們必須認知，就實證主義之需要對象親自出現而言，實證主義是對的，但當只指感覺時，便是錯的。而且，所謂「可以為感官所知覺」與「呈現在我們面前」，是兩個截然不同的觀念。為了要釐淸這個界線，不妨來看看柏拉圖曾問的「什麼東西能够從事認知活動呢？」能够有認知能力的，只有一種介於上帝和動物之間，天生無知但卻自覺無知，而熱切從無知到有知的「人類」。

道家的思想可讓我們穿透認知的途徑，體驗眞正人的意義。由無知的自我，因著涵融其思想，而臻於與自然合一的和諧。莊子順性的主張，就是源自內在心靈的自發奮力，從讚美大自然發其端，以變應變，與物冥合，任物自然，「以自然之理用之於人事，即天亦爲人；人事苟合乎自然之理，則人亦天也。」此種嚮往純靜虛空的心境，發揮了中國人最大的精神作用，與西方實證主義，只論事實的論點，自是大異其趣了。

整體而言，「至人」是莊子最高的心靈修養，這是不具主觀，而擁有健康心靈的個人。智慧者是沒有藩籬、沒有界限，人與自然一體，呈現清明圓融的境界，這是一位有血肉、感情，擁有成熟智慧與高超人格的心靈。世間眾生，各適其性，各得其自然，各有其存在價值，莊子皆賦予平等的肯定與欣賞。莊子不似尼采（Friedrich Nietzsche, A.D. 1844—1900）的超人（the Superman），超人固然背負「人間世的意義」，但是，爲了實現高超的理想，卻摒棄過去一切人類的成就，未免幾近荒誕。而莊子俯仰世間，對宇宙萬物作美的觀照，以美感來化解乖戾，轉趨祥和，一反詛咒態度，心靈深處發出衷心的美讚，開創一個無比充實的人生境界。

有人如此分析著莊子，說他是聖人、先知、詩人的化身，不但能把握眼前的人生，更能勇於開拓無窮的未來。上窮碧落，下及黃泉，今日雖是匆促忙碌，但莊子仍讓我體驗到因應時宜，契理契機，心與物通，在他的思想王國裏，是一個絕對精神自由的王國。

清池瀲長流

——由曹丕〈典論論文〉淺析文學觀

■楔　子

中國的文學批評其演變蛻化不外乎兩種原因，一是文學的關係，即是對於文學之自覺，一是思想的關係，此爲批評之根據，總之文學批評和文學觀點有相互聯帶的關係，由學術思想的源泉裏蘊藏出文學之批評觀點。

就整個中國文學批評史而言，周秦時絕無專門討論某種文章之著作，亦無整篇較有系統之批評，所有足以稱爲某家文學觀之人，都不過是偶爾及之，使後人僅可略窺其對文學之見解而已。到了兩漢，才有專門討論某種文體的言論，相形之下，已較周秦時代進步多了。及至魏晉，儒學式微，佛道思想盛行，在此一學術思潮解放的過程中，魏晉時代實爲承先啟後的重要橋樑，處於這個文學獨立運動的時代裏，首先發動的人即是曹丕，在其有名的〈典論論文〉中，發表了許多對於文學可貴的見解，這種藝術至上的文學觀點，對於純文學的發展，實有重大之影響。

■開中國文學批評史之門扉

就整個中國文學批評史而論，周秦至南北朝為文學觀念之演進期，於其間，周秦和兩漢分別如戲曲中的楔子，而曹丕的〈典論論文〉則開中國文學批評史之門扉，奠下了文學批評之基礎，使文學觀念逐趨具體之形像。因為中國文學發展到魏晉，雖說在形體上沒有什麼新奇之創造，但是文學的精神和作家的態度則發生很大的變化，文學逐漸成為獨立藝術，不受任何外來的拘束，這種純文學的興起，我們不能不歸功於曹丕的〈典論論文〉所開起的風氣了。

曹丕此篇中評論的文句，不論是知人論世或衡文論藝，都屬先鋒之作，當然比起像司馬遷、劉彥和那般的燭照千古則尚屬高攀之論，不過使後人產生了自知雖不能至，但卻心嚮往之的自我自策，已是難能可貴了。當然文學評論的最高境界是如何做到不諛詞附會，不曲學阿世，或唐突前人，這不但關係到文學的造詣，更可貴在胸襟的素養，及見識的體悟高超，劉勰的《文心雕龍》所言「逐物實難，憑性良易」誠如是也。

■儒學衰微之際建立獨特風格

曹丕生於東漢靈帝中平四年，卒於魏黃初七年（西元一八七年—二二六年）年四十，字子桓，曹操妻卞氏所生長子，八歲能文，博通經傳諸子百家之書。八歲亦能騎射。其〈典論·自序〉曰：「生於中平之季，長於戎旅之間，是以少好弓馬，於今不衰，逐禽輒十里，馳射常百步。」（《三國志・魏文帝本紀》裴松之注引）亦精通劍術。建安十六年，爲五官中郎將，副丞相，丕爲人矯情自飾，頗得人心，乃於建安二十二年得立爲魏太子。建安二十五年曹操卒，丕嗣位丞相，是年冬，篡漢自立，國號魏，改元黃初，其取代獻帝，自傳統之道德觀念看，誠爲大逆不道，然其時漢德已衰，獻帝又非明主，曹丕爲政七年，政治頗有治績，人民皆受其惠。

曹丕之詩無論抒情寫景皆便娟婉約，能移人情。其燕歌兩首，爲我國最早成熟的七言古詩。《南齊書・文學傳論》曰：「魏文之麗篆，七古之作，非此誰先？」除詩歌創作外，曹丕之〈典論論文〉開我國批評之先聲。他生於儒學衰微的魏晉，建立起一獨特的文學獨立運動，實予文學理論上一大創新，在〈典論論文〉中，他發表了許多可貴的文學見解，於文中他敍述了建安七子的作品品評「王粲長於辭賦，徐幹時有齊氣，然粲之匹也，如粲之初征；……幹之玄猿……雖張蔡不過也。然於他文，未能稱是。琳、瑀之章表書記，今之雋也，應瑒和而不壯，劉楨壯而不密，孔融體氣高妙，有過人者，然不能持論，理不勝辭，以至乎雜以嘲戲，及其所善，揚、班儔也。」

■ 離開六藝學術注重純文學

在這些評論中，完全脫離了儒家倫理實用之範疇，只以「氣勢」和個性爲標準，「今之文人，魯國孔融文舉，廣陵陳琳孔璋，山陽王粲仲宣，北海徐幹偉長，陳留阮瑀元瑜，汝南應瑒德璉，東平劉楨公幹，斯七子者，於學無所遺，於辭無所假，咸以騁驥騄於千里，仰齊足而並馳，以此相服，亦良難矣！」

此乃以純文學之觀點來立論，當時文人之長短，完全摒棄儒家倫理道德之氣息，寫作的對象亦以純文藝之立場，不再同於儒學的六藝經典，可見曹丕對於文學之對象，有離開六藝學術而注重純文學之傾向；此外更重要的是他提出文體分爲四類的文學觀點「夫文本同而末異，蓋奏議宜雅，書論宜理，銘誄尙實，詩賦欲麗」是說文章的本質相同而表現的形式卻不完全一樣，奏議體的文章應該典雅不俗，書札；議論的文章應該論理透徹，碑銘、誄辭體的文章貴乎符合事實，詩賦體的文章就要強調詞彙華麗，奏議書論是散文，銘誄詩賦是韻文，散文宜雅宜理，韻文尙實欲麗；由此可知他的文體性質分辨的非常清晰，點出了文體的各個正確的適當正途。

此外他更認爲每個人風格皆有不同，無法強求，因此有「文以氣爲主，氣之清濁有體，不可力強而改。譬諸音樂，曲度雖均，節奏同檢。至於引氣不齊，巧拙有素，雖在父兄，不能以移子弟。」誠乃文學發展上一大突破，吾人可以曹氏父子爲例，例如曹操於短歌行中「對酒當歌，人生幾何，譬如朝露，去日苦多，慨當以慷，憂思難忘，何以解憂？唯有杜康……」此詩於雄厚之氣魄外，流露出人生如露、及時行樂之哀愁，然末四句中「山不厭高，海不厭深，周公吐哺，天下歸心」，卽可表現操之遠大理想與堅強鬥志，故清沈德潛《古詩源》語評其詩「沈雄俊爽，時露霸氣」；其子曹丕的作品中，樂府與古詩各約一半，其樂府亦用舊題寫古意，與乃翁多用舊題寫時事者有別其詩，氣勢弱於乃翁而情意過之，無論抒情寫景，均較細緻婉約，而無乃翁沈雄蒼莽之氣。所以沈德潛評其「子桓詩有文氣，一變乃父悲壯之習矣，要其便娟婉約，能移人情，如『丹霞夾明月，華星出雲間』（芙蓉池作）和雜詩燕歌行皆是。」

曹植之詩，題材極廣，字句之美化及對偶句法之運用，較其兄曹丕尤爲成功，如「秋蘭被長坂，朱華冒綠池」（公讌詩）「樹木發春華，清池澈長流」（贈王粲）充滿華茂雅怨，因而曹丕有「雖在父兄不能以移子弟」之言，縱論古今，各家文風，若非抄襲模擬，則皆是獨特風格。他的吁嗟篇、浮華篇、怨歌行諸篇，都是表現自己身世充滿沈痛情感，而贈白馬王彪七首，更是悲憤交集，有諷刺、有傷感、有勸慰，尤稱最好的作品，不愧爲一代天才。

他又說「文章經國之大業，不朽之盛業，年壽有時而盡，榮華止乎其身，二者必至之常期，未若文章之無窮，是以古之作者，寄身於翰墨，見意於篇籍，不假良史之辭，不託飛馳之勢，而聲名自傳於後。」此一論點，大大提昇文學地位，以文章爲亙古不朽之事。在這些話裏，已帶有藝術至上主義的傾向，對於純文學的發展，實有重大之影響。古人三不朽立德、立言、立功，丕爲第一位以文章爲不朽的人，否定了儒家認爲文章是道德教化附庸之說，使文學可擺脫宣揚倫理道德之工具和枷鎖，而成爲可供人思想感情自由之抒發，而造成文學漸爲大家重視而成了獨立的學術。

精到典實震古鑠今的創作

中國文化中最精粹的乃爲藝術，而文學是藝術最高之一環，此一創造工作，貴在獨特，言前人所未言，作前人所未作。然獨特之物，常伴隨著孤寂高峰，這正是偉大的文學家可使人感動讚嘆膜拜之因由所在。此一文學之成就要看單項之高標，並非各項成績之總和；單項的高標在於達到震古鑠今的獨特創造，曹丕在文學批評史上，開創前例之論點，卽爲一獨特之見解。縱眼以觀，任何時代都有前衞、復古與中庸三種人物，文學是創造的工作，這三種類型的人物，非常明顯的存在著，雖然劉勰《文心雕龍．序志》中曾說：「魏典密而不周」，然無可諱言的，曹丕的〈典論論文〉實爲文學批評之先趨，自此之後始有專門論文的散篇文章，如曹植的〈與楊德祖書〉、應瑒的〈文質論〉，以至於西晉陸機的〈文賦〉等都承襲了曹丕的觀點，深受其影響，不但加以擴充漫延，而更覺的清新透澈，此所以爲中國文學史上的自覺時代了。

曹丕論文精到典實，其餘書信、詩歌亦是獨樹一幟，可見他能於中國文學史上獲得一席重要地位，其來有自，卽如我們在前面文中所談到的「年壽有時而盡，榮樂止乎其身，不若文章之無窮。」對曹丕而言，確是如此，足與日月同輝。

性情說

——淺論詩之靈魂

■心領神會之妙

詩之表達，無論以何種體裁呈現，皆以「志」爲主，而「志」乃所謂「性情」也。因而，詩以性情抒發爲貴，句意佳妙，卽爲動人之作，若徒求辭藻堆砌，則流於優孟衣冠，豈能留傳不朽。古人論詩，淵雅峻切或是雅鄭淳漓，都以「性情」爲追求的境界。

《尚書》記載舜命夔典樂以教胄子：

詩言志，歌永言，聲依永，律和聲，八音克諧，無相奪倫，神人以和。

而孔子更是強調詩可以興、可以觀、可以羣、可以怨。這兩人都認爲詩乃表達情志，陶冶人格，導成溫柔敦厚的風尚，展現詩藝術美的最高價值。

姜白石就詩的心領神會，曾有此說：

詩有四種高妙，一曰理高妙，二曰意高妙，三曰想高妙，四曰自然高妙。

詩的美，就在這種情韻當中，自然宣洩而出。

■ 道學中展露自然情性

儒家將詩視爲道德教訓，《論語・爲政篇》：「詩三百，一言以蔽之，曰：『思無邪』」。《泰伯篇》：「興於詩，立於禮，成於樂。」尤其是《陽貨篇》中的文字記載：「詩可以興，可以觀，可以羣，可以怨，邇之事父，遠之事君，多識於鳥獸草木之名。」卽可明確知悉孔子不僅視詩爲行儀規範及修辭達意的寶典，更爲發揮道德與激發情性的最佳方法，其弟子子夏在老師人格感召下，也有了相同的看法。

> 正得失，動天地，感鬼神，莫近於詩。先王以是經夫婦，成孝敬，厚人倫，美教化，移風俗。

儒家藉詩來敦厚人倫，移風易俗，所表達的途徑卽是以性情爲主。誠如淸沈德潛在《說詩晬語》中所談到的「詩之爲道，可以理性情，善倫物。」這種以詩中溫柔敦厚特有的文學體裁，來塑造儒家理想的中庸性格，就是道學中蘊含情性的眞理了。

一首好詩，其所涉及客觀的對象，必先攝入詩人的靈魂當中，在詩人情感的鎔鑄、醞釀裏，順其理氣抒爲詩文。雖是言以義理，卻是性情之詩，具有省世的長遠意念。

《毛詩正義》：

> 一人者其作詩之人，其作詩者道己一人之心耳。要所言一人，心乃是一國之心。詩人攬一國之意以爲己心，故一國之事，繫此一人使言之也。……故謂之風。……詩人總天下之心，四方風俗以爲己意而詠歌王政……故謂之雅。

此語所論詩人的心，是以憂國憂民蘊積於至情至性中的一顆關懷社會的心靈。動念以德，再輔以眞性情的流露，所發抒的詩文，當會有相通相感的神妙了。中國傳統的文學思想，強調「必是言當舉世之心，動合一國之意，然後得爲風雅，載在樂章。」源自性情眞摯的詩心，必能動人感世。當我們看到庸俗泛濫的感情，以及反叛性的思想或誇飾之語言，此皆難以動人眞情，感人肺腑。力主文以載道的詩人，以寓言或諷喻來勸諫時政，探究其本，也是眞性情的流露。唐、宋八家力排魏晉駢文，即是徒有綺靡華麗與造作的風格，是流於乏眞性情的作品。

因此，詩止於魚蟲草木，晴雨風光，非人間之境。菩薩爲度眾生，而行五濁惡世，惟大菩薩，方能穿阿鼻地獄心淨識得淨土。試觀五代之亂，迄於北宋，士夫憂生，因而，宋人之詩，不能不出於憂思，也不能脫於正道。天靈離亂的時代，即有憂國傷君的吟誦，詩人戚戚家國之世，道濟天下的大事，在眞性情的文字下流露，當能流芳千古，歷百世不朽。

古人強調作詩「發源以治心修性爲宗」，所爲文字，力主避免輕浮主題，視風花雪月爲詩的末流，在道德和眞情的範疇中，使現實生活能得藉詩文之表白得到自然引發的期待與感受。詩人眞摯的情思，抒而爲文字，必有諷諫淑世之功。

■自我即率真

欣賞詩文，情至意高，即是辭句平易，亦能撼動人心。《詩經．大序》裏談論到詩是心志之所向，劉勰在《文心雕龍》一書中，更強調詩乃是心靈的具象。因有「在心爲志，發言爲詩」的說法。他認爲詩中眞摯情感最爲重要，將道德內煉於情性之中，爲情造文方有眞思摯情可言，若能內慮以心，外必足以感人，「故爲情者要約而寫眞，爲文者淫麗而煩濫。」

詩文學有情有境，能歷久而感人彌新，必有可貴之處，眞摯、婉曲、創意乃是達此之要素。一位性情純眞的人，無論抒情寫景，必不鑿痕他人，若以矯飾呈現，只是軀殼的雕琢罷了。王國維《人間詞話》曾說：

詩人對於宇宙人生，須入乎其內，又須出乎其外。入乎其內，故能寫之，出乎其外，故能觀之。

「寫之」、「觀之」，就是眞切的流露，純情的表白。

袁枚《隨園詩話》強調詩人應該保有赤子之心，並且，要根植於自我本性中的高度感性，他所提出的「性靈」之說，就是說詩人相異之處，在於本身所具備有獨特的感性。「詩者，人之性情也。」又說「有性情便有格律，格律不在性情之外。」因而，袁枚極力反對缺乏眞摯情懷及用典過度、主修飾而無性情的詩作。

> 詩以言我之情也，故我欲爲則爲之，我不欲爲則不爲，原來有人勉強之督責之而使之必爲詩也。

誠篤的心志，滿心而發，是根源自我人格的眞性情。返璞歸眞之意，有如春江活水，自然流利。

我們觀看靜安先生在《人間詞話》中鍾愛李後主的原因：一是後主性情眞；二是詞到後主時，眼界開拓，感慨更爲深邃；三爲後主之詞，眞所謂以血書者，文字間表露後主特有自我的情思。

後主的「眞」性情，亦如晉朝陶潛原生之天眞性情，「誤落塵網中，一去三十年。」淵明的心不洗世俗，發爲文字，磊落高潔，至爲感人。

古今中外，我們由詩作當能感受詩人獨特的風格情操，在詩心的映鑒中，猶如晶瑩澄澈的碧波，映覽天光雲影、綠樹青山，詩人的心念偶有一顰一蹙，宛如投石小擊，一池春皺，萬頃漣漪，予人莫大共鳴。李義山〈嫦娥詩〉：「碧海青天夜夜心。」李白〈關山月〉：「明月出天山，蒼茫雲海間。」二人同爲月之聯想和傷感的心。而李白有超脫飛揚的英氣，沖淡了明月孤獨寂寞的悲哀；義山卻是情深意苦，往而不返，懷著深沉悲恨的心情，長存終古。此兩人感人動心的地方，就是詩人各自表現自我的個性以臻於情摯率眞的風韻。

■以技巧寓真情

一位着重技巧的詩人，必定強調詩的形式與格律的重要性。明朝李東陽說：「詩必有具眼，亦必有具耳。眼主格，耳主聲。」又說：「蓋其所謂有異於文者，以其有聲律諷詠。」其實，眞正能熟練運用詩律，講究格式的詩人，首推唐杜甫。杜詩神明變化，技巧渾然而不露痕跡。對杜公的詩文若僅由技巧或片面來揣摩，只能得其淺處而已，如果，能穿透格式的技巧深入其中，必能領悟杜公渾涵汪茫，千彙萬狀的眞情。

杜詩的元氣淋漓，隨物賦形，就像三江五湖，合而爲海，浩浩瀚瀚，沒有邊際可言。明朝批評家李夢陽曾就杜詩說：「作詩必須學杜，詩至杜子美，如至圓不能加規，至方不能加矩矣。」可知杜公已將詩律技巧圓融於詩文中，充分的掌握了詩的完美神妙。

唐詩之所以大放光采，我們逐一賞析，不難發現五絕中王維寧靜山居；孟浩然沖淡靈妙，他的微雲河漢，秋雨梧桐，即是自然的天籟；韋應物幽人致遠，空山松子；李白浩月千里，瀟灑自如，各家都是藉著純熟的技巧蘊涵空靈高妙的情思。

一般而言，善於賦詩的人，除了講究格律形式，內容大多避實擊虛，欲縱故擒。用意十分，下語三分，及至數語發揮，控馭無失，必能歸於含蓄婉曲，至寓眞情。司空圖曰：「不著一字，盡得風流。」詩文如羚羊掛角，不著痕跡，含不盡之意，見於言外，倘若使人一見文字就落入格式裏面，無法跳脫形式之外，悠然自得，此當爲詩之末流。

因此，一首好詩，應貴在將技巧蘊藏在無形之中，情意表於言詞之外，使字裏行間，有暖暖春意，細嚼品味之後，能徜徉大千世界裏。

總之，無論寫孀閨春怨，抑是塞客鄉思，或者表白炎涼世態，落魄生涯，皆要錘鍊文字使其不露痕跡，不讓凸露畢顯，若能使情緻縈繞胸中，揮之不去，就可算是好詩了。

■得妙悟而見性情

詩人若有靜觀之心必能自得，妙悟自是蘊藏其間，而眞性情就自然流露而出。嚴羽《滄浪詩話》：

> 詩之極致有一：曰入禪，詩而入神，至矣盡矣，蔑以復加矣。

極其相似。西洋文學批評，亞里士多德的《詩學》認爲文學作品必然有其「普遍性」與「永久性」，而這就是「眞實」與「理想」，此一思想是架構於自然之中。自然是一切藝術的來源，更是眞性情的表露，它可以產生生命、美、力量，詩人只有毫無選擇自然，才能創造眞正的詩。英國的華茲華斯（Wordsworth，1770—1850）主張文學是基於想像與情感，他說：「詩是情感的自然流露。」純摯的表徵才是最佳的詩作。

中國的現代詩人在涵詠傳統的詩學之美之餘，無可諱言的，西洋文學潮流也激起了一道驚人的浪花。尤其在技巧上受西方象徵主義、達達主義、現代主義，以及超現實主義的影響頗深，但就整體的精神內涵上，畢竟仍屬於這一代中國詩人的自身經驗的再現，是屬於個體對這個時代中的感受、體認，以及作無可逃避的接納與追憶。尤其半世紀以來的中國詩人歷遭戰亂、流亡以及社會的變遷，在傳統與現代的取捨中，往往有爲難或適應不良的情況產生。

因此，我們必須承認中國現代詩的發展，是對中國現代社會的一種批判，也是同一種源文化的維繫，雖然清末黃遵憲以「人各有面目，正不必與古人同。」而提出了中國新詩的改革觀念，認爲今天的詩人自有今天的人生觀，有今天的宇宙觀，黃氏主張打破傳統的形式和法則，從事自由的創造，成了我國詩文學改革的先驅者。但是黃氏的改革理念仍脫離不了詩的精神主流，以情感爲帶動的樞軸。

是以詩人跨越古今，横越中外，皆不外乎精於道學而臻情性，或表自我以達率眞，而藉技巧寓眞情，和得妙悟而蘊性情，在在都是表露情感的眞蘊。

陸機〈文賦〉：

詩緣情而綺靡。

是知千年以來，詩文緣情而發，而性情眞摯正爲詩文輝麗留芳的關鍵。詩人主情尙眞，尙眞而不離情，兩者互爲表裏，渾合無跡。因此一位眞正傳世不朽的詩人，他的胸中必是洞然無物，毫無絲毫利害之心與雜念存乎其間，所擁有的是無功利性純粹的美感，此乃所謂眞性情也。

交會的光芒

——由胡適先生的幾個片段談起

■珍視性情的源頭

中國近代大思想家孫中山先生認爲：「文明有善果，也有惡果。」因而，我們對中西文化的態度，必須「取其善果，避其惡果。」國族生存方式如此，小我亦復如是。胡適先生在倡導中國文學革命運動之時，對年輕人的期勉是選擇個人志趣而從事之，勿依社會需要的標準去學時髦。要了解自己性情近乎什麼？自己的天才力量能做什麼？配做什麼？必須根據這些來作決定。唯有如此，文明的進化是建立在快樂的知識領域裏，自可累積善果，避除惡果。

適之先生於民國四十一年十二月在臺東縣講演「中學生的修養與擇業」時，懇切的告訴中學生畢業後，無論是繼續升學或就業，應該以個人的興趣、性情和天賦作爲選擇科系或職業的主要標準，而以社會的需要作爲次要標準。

縱然時光推移，三十多年前智者的哲思，依然煥發智慧的光采。

我服從了自己的個性，根據個人的興趣所在去做，到現在雖然一無所成，但是，我生活得很快樂。希望青年朋友們，接受我經驗得來的這個教訓，不要問爸爸要你學什麼，媽媽要你學什麼？兄長要你學什麼？要問自己性情所近，能力所能做的去學……

如此論點，恆是一位歷史家的看法。文化的演進是一個繁複多方的，受種種時間與環境的條件和人的覺悟與努力，以及消沉與懈怠的影響，不斷持續的變化著。而個人的種種因緣際會卽牽涉其中，互動互牽。如果，每個人心裏能有「自知之明」，而又擇其正道而勇往前行，此生的光和熱所交會的，必是眞誠恆久的光芒。

我們可以由許多史料中看出，這位歷史家對人的一生種種經過，內心裏抱著何等一一研究、評價的興趣，同時，又滿抱著何等的感激與愛惜、悵恨與同情。

翻開史頁，在檢點物質、政治、道德的史實之間，每個獨立個體，似乎只在乎眼前文化的衰頹毀敗，尤其慨歎這個衰敗背後的精神墮落，是個長期恆久的萎靡。既是如此，又何必去計較行為的種種依據呢？卽使教育的過程讓我們深切明白個人志趣是以伸張大我為基石，我存則國生，我亡則國滅，奈何今朝的事實告訴了我們，選擇一個時髦的行業，謀取一份利祿的好差事，選擇一個長治久安的地方，終其一生。至於情性的源頭，所牽繫志趣的依戀，似乎已是漸行漸遠，遙不可及之事了。

面當悠久的中國文化種種經歷，有多少人能滿抱著研究、評價的高度興趣，看清楚古老文化裏有經得起洗滌衝擊的「無價之寶」，在將來世界的新文化裏作為發揚光大的宏基。

數十年來，無論是頌讚西方文化的科學精神，或認同我們古老文化精緻的寶藏，甚至批判雙方的偏狹、衰落，如同胡氏者輩皆是用盡了畢生全力，執守自己熱愛家國的志趣不變，前輩們所表現出「一心一意」的熱情，著實令我欽佩良深，惕勵自勉。

■另一次文明的再造

在一次教育座談會中，聆聽一位學者指出：從事教育工作的人，必須做到三點：一為發現優點，予以表彰；二是找出問題，立刻解決；三則尋出特色，建立發揚。這個理念讓我觸及適之先生在新思潮問題波湧的時刻中，所提出的幾個處理態度。

研究問題

輸入學理

整理國故

再造文明

「新思潮」意謂一種新的態度。在任何一個時代，任何潮流，這是一個永遠持續的思潮，如長江後浪推前浪，一波隨著一波的湧動著。

「灘頭白勃堅相持，倏忽淪沒別無期。」許多人在現實社會中，接受了人生如幻影，即同長江三峽中急流的灘頭，忽然間淪沒消失，再也永無相見之期，又何必堅持當初的豪情壯志、熱血襟抱呢？人果眞能正確地掌握住瞬間相持的浪花，綻放純潔的輝澤，即使是轉眼即逝，也不虛此生。新思潮的湧動，讓我們認同人生短暫的眞理，何不追逐時尙，作爲一個社會標準的成功者，堅持一份高潔的理想，少年時代的憧憬，只淪爲淘汰沙堆中的一小粒細沙罷了。

「聚沙成塔」的道理，我懂。可是，沙子的寂寞、孤寒，卻要一份屬於中國知識分子中特有的操守，方能忍受得住啊。

因而，在適之先生以評判的態度、科學的精神，來做一番整理國故的工夫時，我們不妨追溯當年的他，是以何種態度來面對新思潮的考驗。

新思潮的精神是一種評判的態度。

新思潮的手段是研究問題與輸入學理。

新思潮的將來趨勢，依我個人的私見看來，應該是注重研究人生社會的切要問題，應該於研究問題之中做介紹學理的事業。

新思潮對於舊文化的態度，在消極一方面是反對盲從，是反對調和；在積極一方面，是用科學的方法來做整理的工夫。

新思潮的唯一目的是什麼呢？是再造文明。

生活中，固然有許多「只知其理而不能言其所以然」之事，未來的歲月也會引發許多觀念、態度的修正，然而，人性的良知良能，情性中所流露眞愛的情懷，毋論時光漫漫，思潮迭變，恆如大江之水，逝者如斯。

新思潮有什麼不好呢？不正是再造文明的進行者嗎？也就是胡氏所說的「是這個那個問題的解決。」

人若能眞正發現自己天才潛力源自何處，每一個新湧的思潮，皆是另一次文明的再造。

■ 和歷史坦然相對

太陽之下，沒有新的東西。

許多人總認爲，接受教育是激發我們創造的潛能，模倣是多麼恥辱之事。因而，強調「獨特自我」。於是，由此演變「自我唯上」，此乃眞正個人志趣之發揮。過度追求自我，且理直氣壯的回拒一切，卽流於「本位主義」之高漲。今日街頭運動中的諸多現象，環抱的因素錯綜複雜，有爲民主而爭民主，有爲私利而吶喊，更有爲人利用而不自知者。

事實上，凡富於創造性的人必敏於模倣，不善模倣之人決無法創造。待模倣成熟，自能「熟能生巧」，這奇巧工夫卽謂創造。回顧歷史，中國民族最偉大的時代，正是我們最具有能力模倣四鄰的時代。從漢到唐、宋，許多繪畫、宗教、天文、曆算……等，皆是不斷模倣，再予創新。一個民族固步自封，唯我獨尊，她的文化就死了。一個人只富創造性而不願有接受性，是無稽文明的精神迷夢。

胡氏告訴青年人看重自我的情性、志趣，是建立於信心和智慧之上的，此信心是建築在豐厚的紮實文化中，使我們在發展志趣時，有良好的模倣、學習對象，在一心一意的過程中，建立起自我的獨立思考人格。

信心使我們有勇氣坦然和歷史相對；信心激發我們潛藏的天才力量；信心更促使我們反省自思。

歷史的反省自然使我們明瞭今日的失敗都因爲過去的不努力，同時也可以使我們格外明瞭「種瓜得瓜，種豆得豆」的因果鐵律。剷除過去的罪孽只是割斷已往種下的果。我們要收新果，必須努力造新因。祖宗生在過去的時代，他們沒有我們今日的新工具，也居然能給我們留下了不少的遺產。我們今日有了祖宗不曾夢見的種種新工具，當然應該有比祖宗高明千百倍的成績，才對得起這個新鮮的世界。❶

前人用的力沒有白費，他們所播下的種，也逐一收穫，我們可以坦然相拒，而自我更生。胡氏這番話驗證了一個事實：我們的前途掌握在自己手裏，我們的信心應該展望未來，將來的種種，全靠我們下的是什麼樣的種，出了多少的力。

中國之失，在於反省偏差，故有自卑而崇外的現象。觀適之先生諸多文字，所列舉固有文化

❶ 見《胡適與中西文化》，「牧童文史叢書」，民國六十六年九月。一〇九頁，胡適著〈信心與反省〉。

中八股、小腳、太監、姨太太、貞節牌坊、地獄的監牢、夾棍板子的法庭等，在與歐、美文化接觸之後，使我們不得不相形自慚，幾至於無地自容。胡氏用心良苦，期盼當頭棒喝，一棒打醒毫無信心又自妄自怨的國人。

殷鑑可以明得失，漫漫歲月中，祖先也同時賦予我們豐厚的遺產。反省是一種思辯的工夫，透過哲思，展望將來，可助我們釐清更多觀念，認清更多事實。此時此刻，挑起雙肩重擔，自是舍我其誰？

■ 有意識的演進

適之先生當年在美國「哥倫比亞大學」研讀時，受益於實驗主義哲學大師杜威博士非淺。尤其杜威同時又是教育哲學家，他在哲學上反對形式主義，在教育上更是如此。「生活即教育」、「從做中學」皆是使實驗主義在中國發生深遠影響的重要論據。杜威的實驗主義通過胡適的中國化詮釋之後，使得「改造世界」的性格表現得更爲突出，而「新思潮的意義」也成爲「再造文明」最有力的根源。

民國七年春天的《新青年》上，胡氏提出了他的歷史觀念，而文學革命理論也於焉奠立。

一、有話要說，方才說話。

二、有什麼話，說什麼話。

三、要說我自己的話，別說別人的話。

四、是什麼時代的人，說什麼時代的話。

不論任何年代，任何事情，適之先生如此科學態度，落實於生活中，當有一個正確的引導觀念。只可惜他的博識開通，所批判的諸多事實，卻引發見仁見智的看法和行爲導向。數十年的生涯裏，「譽滿天下，謗亦隨之」，可是任何一個人在取其一點而發揮力量時，是否具有適之先生認清整體的能力，如果眞能如此，自我天才能力必是眞確而益世，已立而立人。

人世間的是非曲折，原是難以論斷，卽使蓋棺也很難作出完完全全的是或非之評斷。面對廣泛問題的探討中，我們何妨在他人採取獨斷的立場時，學學適之先生所保持的嘗試精神，開拓一條通往未來的道路。而整個演進是過程的漸進而不具破壞性的開創，因此，若能謹愼的審視適之先生的精神天地，不難體認到他一直保持着一個信念，那就是：「有意識的演進」。這股智慧與才情的永恆特質，已平和的內化於胡氏的思想中，也許不會與同儕的思想契合，但可以肯定的是，這股思潮在整個歷史空間裏，絕對有他特立的風格，激使我們省思再省思。

「五四運動」是青年熱潮的澎湃激盪，每一個中國青年回顧這一段歷史，是否胸中仍是沸騰著？愛國、愛民的赤誠是否會隨時光推移而褪色？不妨讓我們看看羅家倫先生於民國八年五月二十六日出版的第二十三期《每週評論》上所撰的〈五四運動的精神〉一文❷引述的三種眞精神。

---

❷ 見《五四與中國》，時報文化事業出版有限公司，民國六十九年五月十五日三版。六〇〇—六〇一頁，胡適著〈紀念「五四」〉。

第一：這次運動是學生犧牲的精神。

第二：是社會裁判的精神。

第三：是民族自決的精神。

新舊思潮之爭是永遠存在的一個問題，而個人志趣的抒發也是一個永不改變的事實。

回顧「五四」，懷念適之先生，這一代的青年在面對未來的道路時，是否該由模倣祖先的良好經驗中，開創出屬於自我獨立的個體？新舊思潮不應該是互相爭擾，而是空間的拓展、文明的延伸，而其間所應銜接的觸點究竟該落於何處，就是我們這一代青年在反觀自省之後，應釐定的答案。

思想的變化，推進了「五四運動」，也讓適之先生的理論產生巨大的影響。今天，我們的思想在不停的變化中，可有一個既定的準則和正確的標的，實爲最有價值、也最有意義的課題。

生命中交會的光芒，就在這一番透澈獨到的闡釋中，逐趨顯耀。

卷三

傳承

硯池飄香・筆墨流光

——中國的書道藝術

■ 龍坡文室的清明

今年十一月，「龍坡里書房」的主人臺靜農先生離開人間了，鄰近臺灣大學的溫州街失去了一位清明素樸的文人，這位徜徉於醇酒墨香的學者，面對人生的態度，絲毫沒有一絲的虛僞和做作，在自然樸實的生活中，流露著中國讀書人高貴典雅的氣質。尤其長年伴隨他的筆、墨，更在臺先生莊嚴結束一生的旅程中而愈現光澤。他清高的人格是後學的榜樣，他的書法則是他人格性情的展現，臺先生書道自成一格，深得藝壇敬重，在筆法中自可瞻仰其人格的清芳。

《龍坡雜文》的序中曾有臺先生的一段話：「身爲北方人，於海上氣候，往往感到不適宜，有時煩躁，不能自已。」臺老的眞實心境好似眞的煩躁不已。而他在《靜農書藝集》的序裏又如此說道：「戰後來臺北，教書讀書之餘，每感鬱結，意不能靜，惟時弄毫墨以自排遣，但不願人知。」在先生一顆自謂「煩躁」的心之處世方法，是以筆墨自遣，將生死契闊的機緣，全都寄寓其中了。

古人寫字，東坡豪放的氣質；黃庭堅奔放的筆韵；米芾圓熟境界的體現，一一讓宋人字體的美流存於時光的寶盒中。而「丹心白髮蕭條甚，板屋楹書未是家。」固然是臺先生自己心境的描述，而未嘗不是一位寄情書道的士人，最高貴風骨的展現呢？

世事多變，許多人因家國沉淪之痛，而忘情山水，或縱身於物，龍坡丈人和眾人亦同，也希望中國有個圓滿的家，可是四十年的寄寓生活，使他寫出了沉痛的字語：

無根的異鄉人，都忘不了自己的泥土……中國人有句老話「落葉歸根」，今世的落葉，只有隨風飄到那裏便是那裏了。

沉痛的心寄情於樸拙的字，一勾勒、一提按，先生把濃郁的情在運筆之間，緩緩的宣洩而出，而造就了他獨樹一格的品味。

欣賞他的字，感佩多於讚美，祝禱高於歌詠。

■ 躍動的美感

林語堂先生在《蘇東坡傳》中曾說：「把中國的書法當做一種抽象畫，也許最能解析其特性，中國書法和抽象的問題，其實非常相似。」

這一段話讓我們眞確地感受到欣賞書法的好壞，應該跳脫字的意思，而以抽象的構圖來看它。

林先生對於中國書法在藝術範疇中的定位，有著中肯的評論：

> 一切藝術的問題，都是節奏的問題，無論繪畫、彫刻，或音樂都是一樣，既然美感就是動感，每一種隱含都有韻律。就連建築方面亦然……中國藝術的基本韻律觀是由書法建立的，中國批評家欣賞書法，並不注重靜態的比例或調和，而是暗中追溯藝術家從第一筆到末一筆的動作，如此看完全篇，彷彿觀賞紙上的舞蹈。因此這種抽象畫的門徑和西方抽象畫不同，其基本理論，是美感卽動感，這種基本的韻律觀日後變成圖畫的主要原則。

或許有人認爲太過玄妙了，寫字何須如此繁複呢？小學三年級懵懵懂懂地提起筆來，「永」字八法，一側、二勒、三努、四趯、五策、六掠、七啄、八磔、寫來寫去，就是方塊成形的國字，尤其今天工商業社會，鋼筆、原子筆早已取代了毛筆，書法已經成爲美的饗宴，性靈的昇華，不知不覺中，距離感也拉遠了。

中國講究「書畫同源」，在書道中蘊有畫論的美感，在繪畫中涵藏字體線條的動感。只要能以一顆寧靜的心和純樸的志趣，就可深入箇中，探得究竟。時間一久，體認出書法和繪畫都是藝術家所要表現物我合一的思想和觀念，而在靜心著墨習字的過程當中，自能培育出「定」的涵養，反映出個人的思想理念，進而達於天人合一之境。

相信許多人都欣賞于右任的書法，這位國之大老認爲「寫字爲最快樂的事。」前人有言：

「作書能養氣，亦能助氣，靜坐作楷法數十字，或數百字，便覺矜躁俱平。」或許臺靜農先生亦以此作入門之徑吧！

文化建設是近兩年來社會活動首重之事，而書道之浸泳養性，更有其不可磨滅之功，古人以字養性，今人以字達情，皆是自我抒發的最佳方式，只是如何掌握門徑，方能體其精髓，而達怡情養性之功，確是一門專業的學問，不過只要能明白「業精於勤荒於嬉」的道理之後，在書道的世界裏，能闢出一片廣袤的田園，並非難事！

■莊嚴的生命

經營筆墨事業的李志仁先生，確認二十一世紀是中國人的世紀，中華文化具有高貴的尊榮感，他以每天練字作爲砥礪修行的紮實功夫。文質彬彬、風采揚揚的李先生，愉快的說：

每天晚上，我儘可能抽出時間來寫字，因爲習書法，可以醞釀氣度，更可以恢宏意志。

因此他不但自己勤練書法，更積極培育熱愛書道的人士，社教之功，實不可沒。

初習書法的人，必須愼選「文房四寶」，常言「工欲善其事，必先利其器」，因而好的工具，可助我們在習字之時，更能掌握運筆之妙，而臻神乎其技的妙趣。

宋徽宗〈怪石詩〉、元趙孟頫〈重修三門記〉，是剛毫筆所表現的效果；而柔毫筆的溫潤，則可在清朝鄭板橋的五言詩軸，以及民國于右任的陸放翁詩中，一一可見。選筆時，更要講究

「尖、齊、圓、健」四德，此乃筆鋒墨端要尖；而齊爲筆毫按開，筆端像梳篦般，沒有參差不齊的現象；圓則指筆身要豐實飽滿，含墨量大，運筆才會圓轉如意；健是要筆腰挺健而富彈性。整體來說，「健」居四德之首，至於筆如何才能全部發開，含墨量如何？實在有賴於勤習書法的人，在日積月累的歲月中，逐一去揣摩了。

先繪畫再習字的黃美雲小姐，是位典型的家庭主婦，五年前她辭去工作，專心家務之餘，便向老師學習水彩繪畫，之後她更潛心習字，兩年多來，她覺得自己穩實多了。

以前畫樹枝老是畫不好，自從學字之後，每次畫樹枝的末梢，往往能運轉自如。而先生的支持，更增加我們夫妻之間親密的情感。

看她寫字專注的神情，讓人心生敬重，好一位嫻淑女子。

其實書畫本同源，尤其是中國的水墨畫，印證於書法中之狂草最爲顯著，是屬純藝術的表現，是心靈對意象之妙悟，故有龍蛇舞蹈的比喻。所以中國文人書畫從來不分家，而且以此爲生活的趣味中心，甚至以此表現自我的哲理和人生思考的態度。

因此有人以字來論人，認爲字寫得長，便似瀟洒端莊的文人雅士；寫得短的，便似短小精悍的健兒；寫得瘦的，好似深山的隱者；字寫肥的，就像巨富的大腹賈；寫得柔媚，便如美麗的仙子；而寫得端莊的，就如同文廟裏的至聖先師。「字如其人」的說法，就由此衍生而出，而字和畫的淵源，字和性格的緊密關聯，都讓我深切的感受到生活當中有書道，不但能懂繪畫，也能收怡情養性之功。

李志仁先生就是個最佳的實例，他由字而入畫，一幅「桂林山水」正是透過書法的筆法完成，淋漓酣暢，神韻自如，他也因熱愛中國傳統優良的文化，和中外人士相交甚深。他說：

法國前總統季斯卡先生非常喜好中國的一切，有此因緣，我們由書法、繪畫而談到中國的政治、經濟……；上至天文，下至地理，我們成爲很好的朋友。

醇酒、寶石，都抵不上李志仁先生所送的一幅字，要來得令人珍貴、激賞，這位異邦的友人以欣慕的神情欣賞著：

願眾生如沐春風
願眾生快樂安詳
願眾生天眞無邪
願眾生爲佛

以中國的文化來和異國人士建立情誼應屬中國人的尊榮，生命中的莊嚴。

■人生至樂

一位寫字已有三十多年的中學老師，方崇正先正，他一再強調「勤能補拙」的觀念，他認爲生活中因書法而有秩序，而重條理；甚至因懸腕而寫，練就力道，而有好的精氣神，好處甚多。

而方老師年逾天命，氣度修養皆超人一等，自是和數十年的練字有著密不可分的關係。

不論欣賞或書寫，首重風神。一位寫好字的人應該具備有下列的條件：

第一、必須具備有崇高的人格。

第二、必須有高古的師承。

第三、必須具備有精美的工具（紙墨筆硯）。

第四、必須筆調險勁。

第五、必須神情英爽。

第六、必須筆氣潤潔。

第七、必須向背得宜。

第八、必須時出新意。（有創造性）。

以此八項作爲自我習字的精神指標，應該會漸入佳境。否則像唐朝武則天，她的書法和太宗、高宗一樣，深得王羲之的風韻，在書壇的地位很接近太宗，只可惜她被歷史定爲罪人，因而歷代學人很少臨摹她，可知字體和人格的評價是一體的。

中國的書法具有絕對的藝術價值，日、韓兩國的書道毫不遜色於我國，書法之美，衆人皆可靜心得之。

蘇子美嘗言明窗淨几，筆墨紙硯皆及精良，亦自是人生一樂。

今天的社會常使我們慨歎「常恨此身非我有，何時忘卻營營」，可是如果願意將一顆汲汲營營的心，沉浸於書道的墨香中，不僅能和前人神通，更可開創自我格局，另創一番天地。

從甲骨、金石、篆、隸、草、楷、行，各種書體或是何紹基的八分書、王羲之的蘭亭序、歐陽詢的九成宮醴泉銘、褚遂良、柳公權、蘇軾、黃庭堅、米芾、董其昌、鄭板橋……乃至近人于右任、張大千、錢穆、臺靜農等大家，在書道當中得以精神不朽，筆墨流光千古，而平凡百姓的我們，縱然不能成一家之法，藏之名山，但是透過筆畫之間的習練，日日夜夜，當能涵養情性，享受眞實人生的情致趣味了。

心情浮躁的朋友，何不今天就提起筆來慢慢琢磨自己的情性呢！

長夜的盡頭（一）

——《興盛與危機》之研究

■ 前言

清代史學家章學誠論史書體裁時力主「不拘成法」、「不爲常格」，此種主張背後的信念是：歷史事件及狀況沒有重複出現的性質，歷史事件有它們獨特的個性（Individuality）。這些具有獨特個性的歷史事件，連鎖地呈現一個「道」的基本理念❶。章氏所言，歷史事件反覆呈現的不外是六經中的「道」❷，在他的心目中，所有事件匯集而成的整個史事，並不成爲一個有單

❶章學誠著：《文史通義》，臺北「漢聲出版社」出版，民國六十二年。二版，「內篇」二，「原道」下，四二頁，「道備於六經」，第四行。「事變之出於後者，六經不能言，故貴約六經之旨，而隨時撰述，以究大道。」同頁，第五行。

❷余英時著：《論戴震與章學誠——清代中期學術思想史研究》，四九頁「實齋的『道』具有歷史的性質，是在不斷發展中的。」一五二頁：「六經旣只是古史，則最多只能透露一些『道』在古代發展的消息。」我認爲章學誠的「道」卽是《文史通義》中的「道備於六經」「以究大道」，是人事之先就已存在的，而且，雖人事也將永恆存在，因此，以「道」來作爲架構歷史的津樑，實是合適的，而此六經卽是詩、書、易、禮、樂、春秋。

一特性的整體，而只是呈現「道」的各別事件。

章氏藉著諸多歷史事蹟以求「道」的累積與認識，將史實作爲明道的器物❸，我個人除了認同此點之外，更認爲用系統的方法來分析、網羅不同時代的事，不僅能了解其間的關連與變化，更能將各時代、各事件的特色，以及其中的特殊義理顯現出來。

《興盛與危機——論中國封建社會的超穩定結構》（以下簡稱《興書》），是一本由歷史整體的宏觀角度將中國封建社會長期延續原因的探討。這雖是一個長久以來，頗引人爭論的議題，但作者金觀濤、劉青峯兩位先生運用現代科學方法，由經濟、政治和思想文化幾個面向交互影響和互爲因果的歷史變化中，解剖中國封建社會的內部結構，透過控制論、系統論，甚至數學模型的方法，提出了一個頗有創見的觀點——中國封建社會是超穩定系統，此乃其長期延續的原因。我以爲這個超穩定系統的架構基礎，即是建立在章學誠所言的「道」之上，而這個「道」，也僅屬於中國獨特發展的歷史個性。

中國社會具有悠久歷史的大傳統，其價值不知經過多少次的變遷和穩定，從政治價值（Political Values）來談，它已經成爲一種社會所公認的正當政治行爲。這種政治制度的權力結構是權威式的，下層階級服從上層階級，在封建社會統治階級中佔主導地位的是皇室、貴族和地主，宗法家庭和儒家國家學說，則是宗法一體化封建的超級大國，因而《興書》將「宗法同構體」與

---

❸ 周啟榮、劉廣京合著：《學術經世：章學誠之文史論與經世思想》。

「一體化目標」視爲王朝建立的兩塊拼合模板。金、劉兩位先生認爲：在王朝的修復過程中，必須兩塊模板拼合一起才能成功，而這兩者的併合，意味著重新建立起一個有著宗法家庭同構體的一體化新王朝，在歷史上有三種不同路徑來實現統一的目標：一爲豪門世家利用農民大起義，摧垮舊王朝的戰果，重建政權；一爲農民起義，首領建朝稱帝；另一則爲少數民族入主中原。這三種途徑雖有相異之處，但其仍有一個不變之「道」，也就是章氏所言歷史事件雖有獨特個性，但仍然可以道來明之，而各個王朝在不同歷史條件下，卻仍有相通的道來貫聯，即是前面所談兩塊模板拼合的任務❹。

在上述三種途徑中所獲得的政治地位，上位者對於政治的動機與評價總是脫離不了權威、治人、民牧一些觀念，但爲了防止官僚演化爲貴族，保持國家機器運作和國家的統一，使國家掌握著和分裂割據傾向作鬥爭的強大武器，歷代王朝便利用統一信仰的知識分子建立官僚機構，來執行此一功能，而這個以儒生階層爲主的中國封建社會來組織官僚機構，實現統一的獨特歷史現象，就是在整個王朝中政治結構、經濟結構和意識形態結構的一體化。一體化意味著把意識形態結構的組織能力和政治結構中的組織力量構合起來，互相溝通，從而形成一種超級組織力量，這就是在本文中所要正視的問題癥結，究竟這股超級組織力量何以產生？其因源、發展延續之關鍵

❹金觀濤、劉青峯合著：《興盛與危機——論中國封建社會的超穩定結構》，臺北「谷風出版社」出版，民國七十六年，三版，一六九頁。

何在？甚至在未來的中國政治結構會有如何的取向？都是本文所關切的方向。

科學的範疇是無限寬廣的，《興書》作者運用現代科學方法作爲歷史研究的依據，較之一般僅以描敍或論述的方法之著作，自然有令人耳目一新之處，然而，作者忽略了歷史科學是研究社會發展過程的客觀規律，《興書》中以中國農民戰爭發生在生產力受到嚴重束縛的社會中，農民因而無法分化出代表新生產因素的社會成份所造成的深刻之歷史悲劇，以及宗法一體化結構所產生超穩定系統的論點，固然，有諸多可取之處，然個人深感仍有部份偏於唯物史觀的論證，而影響國人深遠的人文思想卻在書裏略而未提，這是我在本文中所想要補充的。

在探索問題的過程裏，本文把國史視爲一個整體，這種現象的提出，用以說明歷史雖然是事件的累積，但卻有其貫聯之道，在整體性與演化特性的觀點下，本文僅從兩個方向探究。一是中國封建社會結構的差序格局；另一是中國政治文化的危機與展望。個人不揣淺陋，行文必有不當之處，尚祈讀友指正，不勝感激。

■中國封建社會結構的差序格局

一個差序格局的社會，是由無數私人關係搭成的網路。這個網路的每一個結，附著一種依循當代政治利益或社會所釐定的道德要素。《興書》以「大一統」的結構關係來分析中國封建社會獨特的宗法一體化結構及功能，這種功能具有巨大調節能力，必然會異化出無組織的力量來，並且，具體地從政治結構、經濟結構中，剖析無組織力量不斷增加的趨勢，這股無組織力量因階級矛盾而激化，使得國家機器調節喪失，終將導致王朝末期變法失敗，農民大起戰爭，如此周期性的延續，就是作者所說的「超穩定系統結構」的理論。

我國封建社會遠在上古時期，依歷史文獻，頗難論定究竟確於何時，各家說法不一❺。維納格魯道夫（Vinogradoff）寫《西歐封建社會史》時，就曾鄭重聲明封建社會不能嚴格指定發生某一時期，他是逐漸興起的、逐漸崩潰的，必不得已，我們只能以封建制度顯著的成爲政治社會組織中心時的十一至十二世紀爲西歐的封建時代。這種謹慎而精確的眼光，令我們稱許❻。因此，我們必須以整個眼光來分析解剖中國整個社會組織，可以發現我國在周代以前，已然有封建的事實，但從周武王以政治力量使全國普遍實行有系統的具體而嚴密的封建組織後，才可說是封建社會的完成。

中國封建社會的政治結構可以從兩方面來看，一是分化：天子擁有天下的土地、人民，分賜許多同姓、異姓貴族，衍化成一個政治系統。一是階級間的服從：各式各樣的人，各居其位，以事上役下。分開來看，某一階級屬於某一階級，整體而言，所有的階級依次服屬，好像一串環

❺ 陶希聖著：《中國社會之史的分析》，上海「新生命出版社」出版，民國十八年，一一七頁。瞿同祖著：《中國封建社會》，臺北「里仁出版社」出版，民國七十三年，一三頁。

❻ 瞿同祖，《中國封建社會》，臺北：「里仁出版社」出版，民國七十三年，十四—十五頁、二一頁：（Vinogradoff, *Villainage in England*, Oxford, 1927, pp. 131, ff.）。

錸，由這兩面所統整的封建架構來說，天子、諸侯、卿大夫、士都屬於統治階級，以馭使被統治的田民及奴隸，《左傳》：「天子有公，諸侯有卿，卿置側室，大夫有貳宗，士有朋友，庶人工商，皁隸牧圉，皆有親暱，以相輔佐也。」便是統治階級各居其位，各有所屬❼。而芊尹無宇說：「故王臣公、公臣大夫、大夫臣士、士臣皂、皂臣輿、輿臣隸、隸臣僚、僚臣僕、僕臣臺，馬有圉，牛有牧，以待百事。」❽把這種階級關係說得非常淸楚。中國歷史上，兩千多年的封建社會，只有改權易姓的改換朝代，卻沒有一次如同西方的眞正社會革命，而以無數次農民的起義和農民的戰爭代之。深究其因，就當時農民起義沒有先進領導階級，農民階級不代表新的生產方式，《興書》將此歸納爲「農民階級歷史的和階級的侷限」，這個論點我相當認同。基於此因，《興書》進而推演出中國封建社會維持兩千年就是這個「超穩定系統」作基石，在這個系統下所產生的經濟、政治、社會各種結構，都具有基本的差序格局。如天子有諸侯，諸侯以下又有卿大夫……這種層層分封以相統屬的關係，就是封建政治的特點，構成了階級和宗法兩個重要組織。從天子到士，都屬於貴族階級，是役使百姓、食於百姓的特權階級，可是，就整個社會結構而言，士農工商的人民中，農民的義務最重要，他們是負責耕種田地、獻納各種食用物品、應主人召使，擔任各種工役兵役的義務，成爲維持封建社會中底部穩固的基石。

❼《左傳》襄公十四年。
❽《左傳》昭公七年。

由於封建社會相延世襲的差序格局，使得王公貴族爲了強化鞏固及維繫自身在階級中應有的權力，使平民對於在上層階級所應負的義務不斷，奴役庶民奴隸永遠爲他們所驅使。爲達此目的，不但將特權階級和非特權階級截然放在對立的地位，永遠沒有直接接觸的機會，就是特權階級中也有相當細密的劃分，各個階級的權利義務會不相同，所用禮儀服飾也各不一樣，不容僭越，宗法組織就是在爲了維持封建制度下的差序格局而發生，爲使封邑或國土完整，邑主或國君在行政上有完整的權力，只有宗子一系相承，沒有宗子之時，才能旁及其他嫡子或庶子；封建階級成立，一切權利義務關係都決定於所在的階級地位，形成永生不變的差序格局，是穩定政治結構的一大主因，同時，也是造成王朝崩潰的緣由。只不過在中國的政治結構中，兩千多年的封建社會，雖然，歷經各個王朝的更迭興衰，但始終是兩塊模板的拼合，差序格局依然不變，如此交替循環的歷史事件中，我們卽可視爲「中國封建社會的超穩定結構」。

通過對中國封建社會結構的分析，我們認爲結構中的差序格局，使得中國封建社會長期停滯，以及周期性的改朝換代，也由於這個結構內部具有特殊的調節機制，使它每隔兩、三百年就發生一次周期性的崩潰、消滅或壓抑不穩定因素，並恢復舊結構，就是因爲這種特殊調節機制，保持了中國封建社會兩千餘年的延續狀態，使之呈現出社會結構的巨大穩定性。易言之，中國封建制度是不能僅靠每個封建王朝長期延續而彰顯地繼承下來，而必須通過周期性動亂和復甦，一代一代的保存著。

《興書》曾引馬克思之語「……一個民族本身的整個內部結構都取決於它的生產以及內部和外部的交往的發展程度。」⑨來說明中西封建社會的差異性，作者以圖示之如後⑩。歐洲既有統一信仰的知識分子階層，何以不能實現大一統呢？作者認爲歐洲雖是政教合一，

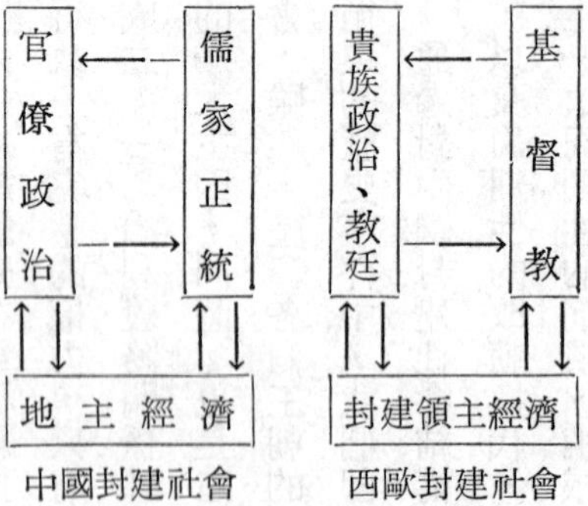

西歐封建社會		中國封建社會	
基督教 ⇄	貴族政治、教廷	儒家正統 ⇄	官僚政治
封建領主經濟		地主經濟	

中國與西歐封建社會結構的對比

但由於國家學說薄弱，加上貴族在教會表現的世俗化，都無法達到實現一體化必備之條件，因而，西方政體隨著時間不斷地變遷，不落於政體循環。英人孟德斯鳩認爲某種政體腐化後，一定會變成某種政體，今引述其關於貴族政體的觀點：「當貴族不珍重他們的政治權力，擅行專斷，而不遵法律，並且把他們自己變成世襲時，則禮讓的精神消失，貴族政體勢必變成寡頭政體。」⑪人性應該是不分地域、國界的，但是，民族的結構性必然有所不同，因此，每當一次大變革來臨時，新組織是否能完全取代舊結構，就是我們所當深思的問題，中國封建王朝社會組織解體方式是全面崩潰，《興書》稱之爲「脆性瓦解」；而西歐封

⑨ 金觀濤、劉青峯合著：《興盛與危機——論中國封建社會的超穩定結構》，臺北「谷風出版社」出版，民國七十六年。三版，五〇頁；六八頁；馬克斯恩格斯著：《費爾巴哈》。《馬克斯恩格斯選集》第一卷，第二五頁。

⑩ 同⑨，四七頁。

⑪ 張翰書著：《西洋政治思想史》，臺北「臺灣商務印書館」出版，民國七十三年，三，二八頁。

建社會組織則是一部份一部份地解體，作者稱爲「柔性瓦解」。這兩個組織結構皆有着差序格局的地域，因着政治、經濟、意識形態的不同，使歐洲封建社會進入絕對君主制進而演變爲今日資本主義的社會形態；而中國封建社會當出現絕對君主制度時，卻建立了超穩定系統，走入了另一種演變的軌道，我想這是大家可以接受的。

長夜的盡頭（二）

——《興盛與危機》之研究

■中國政治文化的危機與展望

歷史是億萬人生活、生產、創造的洪流，具體的人物、事件和各種細節總是千變萬化的。如果，我們只限於細節或局部，或者只看到豐富而又具體的社會生活內容，那就容易侷限於人類短期活動的產物。如中國封建社會地主經濟、官僚政治、儒家正統，它們的具體內容在每一個朝代都是不同的，就是在同一朝代前期和後期也有極大的差異。而且，因不同的地點、人、事和複雜的歷史背景而呈現出驚人的豐富性和可變性。但是，如果從結構角度來把握中國封建社會，就可以發現秦漢以後中國歷代王朝皆依循一個文明活動的軌道，即前段所述的宗法一體化結構，以此架構成一個具有雙重調節機制的超穩定系統。這套系統包括了政治準則（Political Norms）、政治價值（Political Values）和政治認同（Political Identity）。這些準則、價值和認同，經由政治社會化（Political Socialization）過程，灌輸到政治系統每一成員的思想中，形成其政治人格

(Political Personality)，即形成政治文化❶。只是以往漫長的歷史中，只知其然，不知其所以然，大都「不知而行」，直至「政治社會化」、「政治文化」等新的政治學研究方法提出後，才作系統、條理的分析，發現政治文化是全盤文化的一部分，乃是經驗緩慢累積而成，成長不快，卻不是不能改變。尤其，在中國封建社會中，上位者除運用權勢，以利權力地位的鞏固外，自然也融和了中國獨特的精神文化內涵，回顧往昔，我們去弊興利，此時能看出危機的端倪，展望未來，未嘗不是一條光明展望的大道。而《興書》在精神文化融入的政治制度裏，闕而未提，這也是個人在這節裏所要加強說明的。

方東美先生於《中國先哲的政治信仰》中，將政治分成兩種不同意義：一是理想政治，一是實際政治。方先生認爲實際政治是歷史上大奸巨惡所作爲之的狡獪伎倆，是禍國殃民的；而理想政治總是以正己愛人、利國福民爲前提的，因而，他捨實際而論理想。可是，我卻認爲理想固然可貴，但若不落實於現實政治之中，豈不流於空疏，又何來福國淑世呢？《興書》再三的肯定中國封建制度之所異於西方，是由於「超穩定系統」的結構所致，我敢斷言在這個結構當中，中國歷代知識分子的心力和智慧結晶，是一道歷史的巨流，頂住了徹底更替的演化，即使王朝崩潰，整個民族的思想體系仍然一脈相承，這個延續的力量也是超穩定系統重要的津樑，不知《興書》

❶ 魏鏞撰：《雲五社會科學大辭典》，第三册，臺北「臺灣商務印書館」出版，民國六十五年，三版，一九〇頁。「政治文化」條。

的作者以爲然否？

方東美先生爲國家存在的理由下了定義：㈠國家是實現一部分人類完美生命的場合，一切重大設施，都是要保障人民共同生活的安全與幸福。㈡國家不僅是一種軍事、政治和經濟的形式組織，乃是藉此種組織以實現道德理想的園地。㈢國家是一個完備的學校，對於人民生活技藝，應盡力培養發展，以全其知能才性。㈣國家又可說是文化價值的區域，除卻政治體制之外，更須爲人民確立一個完善的機會，使人人於忠誠參政之餘，各發揮其特殊才能，以增進文化的創造。這四個定義，說明了中國知識分子心目中的國家應是具有道德、教育和文化的優點，方能產生理想的政治，其標準，即在於完美生命的具體實現，一切政策、政綱都由道德動力推進，以教育大計普及，文化價值來固守之❷。方先生在文中對先哲理想政治的信仰備極推崇，他且引柏拉圖一段話來說明實際政治和理想政治優劣的因緣：「除非哲學家是國王，或者此世的國王君主深具哲學精神，使偉大的政策與偉大的智慧融而爲一，讓那些各有偏執的庸才都退到旁邊，否則，國家將永難脫離厄運——我相信人類前途亦復如此——唯有這樣，我們國家才有可能生存，看到光明。」❸中國聖賢先哲皆是柏拉圖所言的哲學家，具有峻偉的人格，可以通天人之際，究古今之變，因

---

❷ 方東美著：《中國人生哲學》，臺北「黎明圖書公司」出版，民國七十一年，五九頁。

❸ 同右，二三九頁、二五二頁：原①柏拉圖《理想國》，第五篇四七三章 Jowett，英譯本；另見 Epistle，第七段，三二六節，普士特（L.A. Post）英譯本。

此，可以根據忠恕慈愛的廣大美德，揭示修齊治平的遠大計畫。其實，這種理想襟抱和實際政治並無牴觸，且有助於政治制度之運作，也許方先生在天之靈不能接受。中國的道統，堯、舜、禹、湯、文、武、周公，俱爲政治家且身兼帝王重任，聖賢先哲可以將理想抱負在實際的政治中逐一展現而出，後代的君王也許不是有德、有爲者，然輔政之大臣也必是飽讀聖賢書之才智之士，統治階級雖握有統御的實權，同時，也了解中國文化精神所在。王朝的崩潰，誠然如《興書》所言因無組織力量所造成脆性瓦解的悲劇，然干擾能力所企求於另一個朝代的必是合於人性的道統政治。在中國政治思想中，向來以德治、禮治優於法治。可是，我們看到法家的管子在其著作中也一再強調：「愛之生之，養之成之，利民不僞，天下親之曰德。」「愛民無私曰德。」❹「德者道之舍。」❺「德義者行之美者也。」❻這些都說明了法家也認爲「道」與「德」在政治運作的重要性。

中國封建王朝一體化調節能力較強時，抗干擾能力就愈強，易言之，政策必須是面對現實人生、社會的問題，統治階級者則通過自己對人生、社會的探討體驗而加以傳承，所作所爲將以人性爲依歸，否則，就導致無組織力量的惡性膨脹，此時王朝就失去了抗干擾的能力。可是，在整體的政治文化中，我們也感受到深切的危機，封建大國的正統意識僵化，正反映出超穩定系統的

❹《管子》，卷十五，四十三章。
❺同右，卷十三，三十六章。
❻同右，卷一，第二章。

僵化，《興書》中談到「正因爲中國封建意識形態是一個有互補結構的系統，它高度的完備性就杜絕了擺脫正統意識形態結構的創造性的嘗試，從而使它們具有巨大的保守性。」這股互補結構的意識形態，使得在數百年間發生的一個大震盪，也會回到原有的結構，而歐洲卻以取代的關係，造成了文明的進化，如基督教是對古代羅馬哲學和宗教的取代，人文主義又是對基督教的取代，演化的結果使得歐洲的社會結構容量愈來愈大，更使得中國面對此巨浪的衝擊下，出現了一大批反對僵化的思想家，有人復古，有人倡言改革，無論如何，都是面對危機的反思自省。

確認了危機存續所在，我們當體認社會結構必須是逐漸演化的，演化意味著進步，進步則是指豐富社會的生活本身，使社會的生產力發展，人類改造自然能力增長，知識深化，並且，社會組織不斷完善、合理化，可以容納更新、更多、更大的生產力。也就是說，新結構在舊結構中成長起來，並且，能克服舊結構中的弊病，從而對於進步的容量也增大了。另外，我們更要認識人類文明的進化既有分叉又有相互融合匯流的趨勢，政治系統內蘊的發育成熟的組織可能不只一個，而且，還有外來文明影響衝擊的可能，這種現象，在複雜系統中是普遍存在的。

有了這些認知，回顧往昔，展望來茲，我們不僅了解中國封建社會的結構所繫，並可藉此解析人類社會的發展史，今後何去何從，也該有個方向了。

■結論

《興書》曾舉例告訴我們滅絕型的文明，主要是人們對自己的繁榮和成功十分迷信，不能容忍在自己結構中有不同潛結構存在，如此失於單純而僵化，以至在必然的衰落來臨時沒有可以取代它的結構，從而造成滅絕。如今日荒無人煙的烏蘭布和沙漠，據考察隊考證，發現三座被流沙掩埋的古城，就是西漢初年建立的臨戎、三封、窳渾三座城市，表面來看是沙漠狂風、乾旱萎縮，實際上是漢帝國自身衰落，內部無組織力量惡性增長的結果，以致造成文明的絕滅❼。

封建社會若未能正視危機，不僅易有絕滅之虞，本身易流為「優越意結」，卽中國的自我影像根本不承認中國為萬國之一國，而堅信中國是萬國之國，或中國卽是天下或世界❽。但是種族中心思想是人類無可避免的，但任何一個民族可以自尊，卻不能自大，以免阻礙各種進步。套用湯恩比（Arnold Toynbee）的理論，吾人對於由內外環境的「挑戰」，總須能作成功的「反應」，此乃為上策❾。兩千年政治思想的醞釀衝激，若不能產生近代的國家觀念，此也是因歷史環境之所限，鑒往而知來，所謂的「危機」並非絕滅，而是另一個嶄新的開始。

❼ 金觀濤、劉青峯合著：《興盛與危機——論中國封建社會的超穩定結構》，臺北「谷風出版社」出版，民國七十六年，三版，三六四—三六五頁。
❽ 金耀基著：《從傳統到現代》，著者自印，第一篇〈中國的傳統社會〉，四二頁。
❾ 參閱陳曉林撰：〈從西方的沒落談中國之未來〉，臺北《中國時報．人間副刊》，民國六十四年九月二十七日。

張灝對此有段說明：「『危機』在這裏並非意指迫在眉睫的大變局，而是當發展演進到新的方向時，必然伴隨著空前未有的變動，這變動是以極快加速的節拍進行著，『危機』即指此時的轉捩點和決定性的時期。」易言之，「危機」是指一個發展延續過程中，重新決定方向的時刻，沒有「延續性」（Continuity）的感覺以及改變它的考慮，就不會有危機感⑩。通過危機感，展望中國政治文化未來取向，我們可建立一個近代國家的共通意識。蕭公權先生曾指出四點特性：㈠樹立民族自主之政權。㈡承認列國並存，彼此交互之關係。㈢尊法律、重制度，而不偏賴人倫道德以爲治。㈣擴充人民參政權利⑪。蕭先生的通識也是對於歷史思考方式的鑑戒心得，此由「意義的危機」所表現屬於歷史方面的思想，不只是重新調整傳統秩序的可行性，而且，更是由歷史的事鑒中，尋繹出一套可信而有根據能力的指導行爲。尤其十九世紀中期以下的急劇變化，各種外在的條件與內在的要求都大異於西方接觸之前，在這種變局中，以前例指導現實，效力逐漸失去。「天不變道亦不變」，如此例證式歷史思考方式的基設，在變局中受到康有爲的懷疑⑫。因此，由意義危機的現象中，以歷史思考的方式展望今後的應運之道，是爲了承續整個民族歷史

⑩ 張灝著、林鎭國譯：〈新儒家與當代中國的思想危機〉，刊於傅樂詩撰《近代中國思想人物論：保守主義》，一九六九，三六七—三九七頁。

⑪ 蕭公權著：《中國政治思想史》，「聯經出版社」印行，民國七十一年，十一頁。

⑫ 康有爲撰：〈進呈俄羅斯大使彼得變政記序〉，（一八九八年），刊於《康南海文集》，上海「共和編譯局」出版，一九一四年，〈序跋〉，十八頁。

最明智的抉擇。

總之，歷史通過文明的滅絕告誡我們，對已經取得的成功必須充分肯定，但又不能迷信，最重要的是要善於保護那些代表前進方向的潛結構的成長，對只要是合乎規律的新生事物都要具有寬容和扶持的精神，把它作爲改善自己的結構，而適應歷史發展的一種力量，而不能不加分析的籠統地肯定或否定一切潛結構，也不能不加分析地把自己的一切都視爲神聖的不可懷疑的與永遠不可改變的東西。這也是個人不惴淺陋，在有限的篇幅裏，粗略地自整個中國封建社會制度的行爲分析、政治系統、社會結構及功能剖析後，所要表達的眞摯態度。因爲，歷史的架構表面上看起來是我們有兩千多年超穩定結構的封建社會，其實，它仍有許多的發展和變遷。錢穆先生談論到國史的本質時，他認爲「全史之不斷變動，其中宛然有一進程。自其推動向前而言，是謂民族精神，爲其民族生命之泉源。」「變之所在卽其歷史精神之所在。」⑬可知「變」本身逐漸成爲一切正面價值在結構上的基本條件，在變化演進的現象裏，錢穆先生主張要以「溫情」、「敬意」來對待國史，以如此肯定國史價值的態度，自然不可能自國史的獨特性中分權，但若以馬克思唯物歷史觀點展開封國史批判性的解釋，則不免失於忽略國史的變遷及演進的特徵，在本文中，此一「歷史演化所推動的精神」就是我要闡述的重點。

⑬ 錢穆著：《國史大綱》，上下二册，臺北「國立編譯館」出版，「臺灣商務印書館」發行，引論㈥，十頁。

在當前社會科學的科技整合之趨勢中，《興書》兩位作者若能以相關學科的觀念、方法及理論，詳盡解析了兩千多年封建社會獨特的個性，如此精製而成的研究理論架構，可供我們了解國史的政治系統之分析的運作過程，這本書不僅對國家政治問題提示演化論的透視，更重要的是它引領讀者進入一個更精確的深思領域，能有縝密科學的經驗取向，與昔日的推想、玄思實有天壤之別，頗具價值。

永不斑剝的記憶

——參加「抗戰文學研討會」有感

■千古風流人物

幾千年的歷史興亡，交織成浩如長江、壯似黃河的歷史悲情，無論是蒼涼悲壯，抑是溫煦淳厚，一代連綿一代的中國子民，在廣袤的土地上營運著自己的生活，帝王權臣以及鄉野百姓，透過彰顯歷史的歲月意識，心靈深處莫不躍動著鮮明活絡的眞實意象，幽幽然穿透黑水白山，悠遊於海棠的大地之上，日復一日、年復一年的積澱成推動中國歷史的巨流。長遠綿邈的流行著，流遍了山陬水涯，橫佈了通都大邑，匯聚成中國人彰顯歷史正義的獨特精神。

而戰爭最是殘酷，也最能引發一個民族在歷史的經驗中反省自思。君不見中國第一部歷史小說《三國演義》，爲六百多年前的羅貫中，挾其旺熾的生命動力，作了一次肝膽相映的歷史回顧，借陳壽《三國志》按鑑重編，完成了一百二十回浩瀚奔騰的三國歲月。

依循著史頁的足印，羽扇綸巾的諸葛武侯，夙興夜寐，軍機謀略事必躬親，在〈出師表〉裏

「鞠躬盡瘁，死而後已」的大丈夫氣概，使得這位起於隴畝之中的士子，骨血裏流動著永不歇止的氣節精神。羅貫中復以自身的命脈刻劃出對武將用義，對文儒用禮，三顧草廬泣請孔明，乃至臨終前白帝城託孤，抒寫出劉備擁有天下豪傑的奇才遠謀，此豈僅是貫中一人的凌霄豪情而已，中國文士在飽讀經籍之後，不也有藉此以抒發己身對家國懷抱與契潤時勢的情結嗎？

義薄雲天的關雲長，手掄青龍偃月刀，身騎赤兔馬，在貫中的筆下鮮明的存活於生命的長流中，武聖的形象從此驚懾眾生，成為千古英雄人物。

因著天地摧塌、山岳撼崩的三國爭雄，而造就了羅貫中以一介文儒所禀賦的歷史意識，陳述了精神不死的《三國演義》，也因此，而凝聚成數百年來中國民間一股強碩的精神巨流。

爭戰使歲月滄桑、山河易色，卻鑄鍊成中國特有的民族節氣，有哀艷纏綿的悲戀情懷，亦有驚心動魄的困頓寂情。

三國如此，其他朝代亦復如是，佇足歷史中的爭戰時刻，除了讚詠英雄人物的豪氣干雲，無奈的愁緒才是湧動心田的源頭。

王翰涼州詞：（二首其一）

葡萄美酒夜光杯，欲飲琵琶馬上催。
醉臥沙場君莫笑，古來征戰幾人回。

古來征戰之處，無不白骨累累，生還者能有幾人？是以酩酊頹倒，亦不為過，又何可笑之有？

杜甫詩中寫征戰之苦者極多，道盡淒涼人世，尤其身遭「安史之亂」，寫來字字是血淚，句句是眞情。

兵戈飄泊老萊衣，太息人間萬事非。
我已無家尋弟妹，君今何處訪庭闈。
黃牛峽靜灘聲轉，白馬江寒樹影稀。
此別應須各努力，故鄉猶恐未同歸。（送韓十四江東省親）

劍外忽傳收薊北，初聞涕淚滿衣裳。
卻看妻子愁何在，漫卷詩書喜欲狂。
白日放歌須縱酒，青春作伴好還鄉。
卽從巴峽穿巫峽，便下襄陽向洛陽。（聞官軍收河南河北）

前首寫兵戈之後的殘敗景像，敍盡人間淒清，後者雖經戰役，卻有愁喜應涕淚之變化。在此將兩首列並相較，主在說明，戰爭雖苦，但也有不得不打的苦衷；人人固然厭戰，然當異族入侵、外患爲烈之時，這場雖使「路有凍死骨，野哭千家聞」的戰役也要拚命以赴，爲的是自己被敵人蹂躪的家園，被異族侵占的土地。

故園河山，再苦的戰役也要打啊！

以熱血寫成的史頁

七十六年七月四、五兩日，應《文訊月刊》之邀，於中央圖書館國際會議廳，參加「抗戰文學研討會」。值逢八年抗戰爆發五十周年，此一研討會，雖然可使五十年時光的移轉中，讓激昂的心情沉潛，讓視事的眼光寬濶，但是，歷史的事實是永遠也褪色不了的記憶，血和淚一點一滴的烙印疤痕，鮮明的刻劃在中國苦難成長的史跡上。我們毋須呼天嚎地、血債血還，但從歷史的反省中所增長的智慧可有？

「七七事變」已履過半個世紀，身為中國人，不要讓自己困陷於過去悲痛的記憶裏，更不要讓昨日之仇恨，構成我們思索明天的視障。因而，《文訊月刊》希望透過此次學術研討會以宣讀、講評、討論十三篇有關抗戰的學術論文，使許多當年在槍林彈雨中挺活過來的勇士們，為歷史作一個活的見證，而且，也讓未能親逢這個大時代戰役的後生晚輩，理性而客觀的下個註腳，依此尋繹出中華民族生存延續的生命源流何在？

蘆溝橋的槍火，引燃了中日戰役的砲火，八年裏，日軍殘暴，罄竹難書，災禍慘烈，鬼泣神號。中日之戰，應驗了一個事實，中國不是一個好戰的民族，但為了家園、河山的完整自如，中國會挺而奮戰，這是一個永不滅亡、也永不可侮的民族。

「七七事變」後，蔣委員長在廬山談話會中鄭重宣佈：

> 我們希望和平而不求苟安，準備應戰，而決不求戰，我們知道全國應戰以後之局勢，就祇有犧牲到底。

蔣委員長所作的決定，正歸納了面對日本強勢欺凌下，中國知識分子主「和」或主「戰」兩派的意見，作為國策的依據。當時的知識分子不僅在言論上鼓吹民族氣節，在行動上，也投袂而起的響應政府的徵召。

今天我們或由老成者的口述筆撰中，或由歷史、由證言裏，知悉抗戰前後中國知識分子，無論在知識上或氣節上，都秉承了中國文化的傳統，不屈不撓，前仆後繼，文儒以筆為槍，武者浴血抗戰，文武兩途相互為用，皆為中華民國高貴的國格撐持了最艱困的漫長歲月。

孫陵《大風雪》、鹿橋《未央歌》和紀剛的《滾滾遼河》是此次研討會中有關抗戰的小說作品，這也是知識分子欲藉小說中的人物來表達自己關懷國事的摯情，亦如羅貫中以《三國演義》書中的人物個性，凸顯自我安身立命的眞理所在。

《大風雪》作者孫陵，於民國二十八年（一九三九）秋天開始創作此書，這部長篇小說我未曾閱讀，然就研討會中周錦先生所發表的〈孫陵《大風雪》所表現抗戰前夕的東北社會〉那篇論文所談述到：

> 《大風雪》，從寫作、到發表、到成書，對於作者孫陵，就如同「抗戰」對於中國、對於

中華民族，幾乎一樣地是轟轟烈烈的多采多姿，也是狂風暴雨的痛苦煎熬。

雖然，論文發表之時，「臺大」齊邦媛教授提出了《大風雪》以哈爾濱來代表東北社會，就如以紐約來代替美國、臺北代表臺灣，是不公平的。但周錦先生在論文結語中所歸納的三種性質，卻深為我所認同。尤其是第三點所談論「知識分子」的覺悟，其中引述到一段文字：

當時的知識分子並沒有被現實擊倒，也不曾流於悲觀失望，他們認清了一切，他們要求自我振作：「往往我們認為最可倚靠的有力人物，也便是出賣我們最不可靠的有力人物！……最大錯誤便是我們祇看到別人，而迷失了自我！其實祇有自我纔絕對可靠，也眞有力量，祇要我們幹起來！……」（一二章五八節三九七頁）

另外兩部小說作品，《滾滾遼河》是我於中學時所讀，《未央歌》則於大一才閱讀此書。這兩部同是以抗戰為背景的小說，兩者表現的方式有明顯的差異。《未央歌》以抗戰寫實作為背景，鹿橋以一位身處戰時西南方的讀書人，發抒自己富於情調的理想。因而，齊邦媛教授說《未央歌》是「與時代若即若離」❷。鹿橋先生於〈再版致《未央歌》讀者〉文中也強調：「一本以情調風格來談人生理想的書。」紀剛《滾滾遼河》則以籍隸東北，戰時親受奴役的經驗，用熱血

❶ 見《文訊月刊》主辦「抗戰文學研討會」論文，周錦先生〈孫陵《大風雪》所表現抗戰前夕的東北社會〉，二四—二五頁。

❷ 見民國七十六年七月五日《聯合報》第八版，齊邦媛〈與時代若即若離的《未央歌》〉。

揮灑出東北敵後抗戰的歷史圖畫。紀剛先生也出席兩天的研討會，他雄渾陽剛的神貌，正是書中篇章的寫照。無論以何種方式來傳達抗戰的訊息，無可諱言的，這兩部小說，一直是擁有廣大的讀者羣，尤其是青年學生，當我們的心神與小說中的人物交會時，繁榮而飛奔的腳步似已停住，緬懷歲月的心情回盪在戰爭的記憶裏，這個在中元節前後，改變全國人命運的抗日戰爭，使得在太平豐裕生活中成長的青年，在內心深處，必爲這道永不斑剝的記憶，培育出一股堅韌地，在今日急劇變化的社會中如何賴以存活的意識觀念來。

■今日安敢尚盤桓

中華江山誰是主人翁，
我們四萬萬同胞！

抗戰歌曲中，掩不住熱血沸騰，和淚而歌，這和唐・杜甫因「安史之亂」，身歷戰事恐怖，個人流離轉徙，妻兒因饑餓而死的悲慘，這一段以戰爭史實而銜接的歷史情結，就是我們不淪不亡的源頭活水。

嫁女與征夫，不如棄路旁。結髮爲君妻，席不煖君床。暮婚晨告別，無乃太匆忙……（新婚別）

萬國盡征戍，烽火被岡巒。積屍草木腥，流血川原丹。何鄉爲樂土，安敢尚盤桓。棄絕蓬

室居，塌然摧肺肝。（垂老別）

在三吏、三別詩中，杜甫以個人身經戰亂的悲痛，化作寫實的描述，成爲「詩史」的千古精神。

知識分子以心憂天下，愼思明辨而重理性，可爲天下先而不攘天下利，心中主觀的強烈是非，而作客觀的價值判斷，如果，是隨聲附和者，便失去了讀書人應有的尊嚴，如果，是噤若寒蟬，便也失卻了學者本身的道德勇氣。

抗戰前後，也有知識分子爲中共所利用，幾至戰亂時期誤導成知識分子幾乎一面倒之局勢，雖然，淪陷後知識分子受害最深，但已成無法挽救的浩刧。前車之覆，後車之鑑，凡身爲中國人，當眞確了解自己國族的政治思想和生命態度，否則，當動亂來襲時，竟如無舵之舟、無銜之馬，抓不住自己應有的準則，豈不可悲可歎。

方東美先生在其《中國人生哲學》書中論及中國人的生活與趣是寄託在「此世」，憑藉人類通力合作的創造性生命，不難將此現實世界點化超昇，臻於理想。所以，在中國的哲學史中，楊朱的「個人主義」（Individualism）毫無容身之地，我們須盡量發展普遍的同情心，汎愛人類，才能充分領悟生命的意義與價值。因此，方先生認爲我們的道德生活受了三種高尚的精神感召所致❸：

❸ 見方東美《中國人生哲學》，「黎明文化事業公司」，一二三七—一二三八頁。

・如果透過儒家，則能以同情忠恕追求至善，……這並不是只求個人生命的完成實現，而是連同一切人羣與一切萬有的生命，都一起要在雍容恢宏的氛圍中完成實現，這就是儒家的精神傳統。

・如果透過道家，則能契入大「道」，而臻於至「德」內充的境界，消極的能夠據以不役於物，消弭一切私心，積極的則能據以冥齊物我，怡然與大道體，這就是道家的卓絕氣魄。

・如果透過墨家，則能力行兼愛，避免互害，遵照「尚同天志」的原理，原天以律人，使人之所爲能契合天之所欲，據此以全天志好生之德，並使一切萬有都能在廣大同情之下視爲平等價值，這就是墨家的根本法義。

今年是方先生逝世十週年，他以同情忠恕、道德同體、兼愛好生來闡釋儒、道、墨三家的精神，藉此方能掌握中國政治思想的眞諦。如果，因據有政治實權而輕視此一思想，或者盲目以政治教條侵犯神聖人權，方先生痛陳此非愚卽誣了。因而，在戰爭嚴酷的傷害下，我們必然穿透聖哲的眼光，對於社會國家的命脈，以及人類生活的命運，有著更憂患更深入的關注。

凡獻身於國家與生命之倫理信念的人，莫不有「先天下之憂而憂」的憂慮與期望，而也唯有這種人才是永恆的富有。因而，在這個充滿苦難，對未來又無法確知會變得如何的時刻裏，能安慰我們心靈的是憑著對整個民族文化精神力量的信心，努力地開拓邁向文明的道路。

尤其在「七七事變」五十周年之際，我們在思想上、價值觀上自應痛徹反省，勿忘一百多年前美國諍友楊約翰（John Rusell Young）之忠告：「中國如願眞心與日本和好，不在條約而在自強，蓋條約可不照辦，自強則不敢生心矣。」這正是今日我們所應擁有的自處之道，以自強之心，透徹發揮中國政治思想的一貫之道，國家就是我們道德精神實踐的園地，而政治就是這種道德精神開放的花朵。

卷四

體察

歷史的疏浚・現代的自覺

——由李澤厚的美學觀談起

■普遍生命流行的責任態度

「生於憂患，死於安樂。」憂患意識是中國先民藉著憂患心理的形成，從當事者對吉凶成敗的深思熟考之遠見中，發現了當事者在行爲上所應負的責任。憂患正是由這種責任感所蘊孕而來，以己之力量欲突破困難而尚未突破時的心理狀態。《易・繫辭・上》「（天地）鼓萬物不與聖人同憂。」〈繫辭・下〉「《易》之興也，其於中古乎？作《易》者其有憂患乎？」。「其出入以度，外內使知懼，又明於憂患與故。」如此的憂患意識，證實了先民涵蓄著堅強的意志和奮發的精神，乃是人類精神開始直接對事物發生責任感的表現，也是精神上一種人的自覺之流露。於此心理狀態之躍動下，人的信心和依據，由神明的信賴轉移至自身行爲的謹慎和努力，這正是中國人文精神最早的表露，和西方所謂人文主義有不同的內容。

憂患意識所衍生的道德理念，形成了中國文化獨特深厚的理性傳統思想。即使「五四」以後，未能在人文與社會思想上，和西方主流精神契合，但是，中國子民若能沉潛自覺，不難領會先哲渾然溥雄的道統裏，足以擁有可穿透今日中國人面對西方辯證性張力的背景下，引發強烈的挑戰與創造性的回應，進而產生多元化學說理論的承受與回饋，藉此理性批判的探討和互相詮釋的過程，達到了增加各自意義內涵，復以開拓嶄新生命境界的理想。

《當代》第十三、四期（一九八七年五、六月一日）刊載劉曉波〈跟傳統徹底決裂〉一文❶，內容撞擊力甚強，劉文針對大陸美學史家李澤厚「積澱」之美學史觀，認爲李缺乏懷疑一切的批判眼光，無法與傳統觀念實行徹底決裂的叛逆精神，短缺爲粉碎舊體系而敢於冒險的魄力，以及敢於正視現實、改變現實、正視自身、否定自身的勇氣，此外，更少有了感性生命的強烈衝動，缺乏悲劇感、幻滅感和緊迫的危機感。如果說這一連串的缺失眞是面對中國文化所應具有的態度，那麼我們當然同意劉之看法，認爲「積澱」不僅是李澤厚評價傳統的理論基礎，也是「積澱」的產物，是面向過去的、是保守的、是對傳統文化肯定多於否定的鄉愿作風。

事實上，李澤厚這位普受國際漢學界推崇，對哲學、文學、藝術、美學、歷史學、考古學、社會學均有造詣的學者，固然受限於他所生長的政治環境，甚而思想論點亦不難擺脫中共「唯物史觀」之陰影，但其論著《中國古代思想史論》、《中國美學史》第一卷，《美的歷程》等書，不難覺察李由各種學術角度出發，來評析傳統文化精神所在，文字間具實的呈現歷代獨具的風韻

❶ 此文發表於一九八六年十月號《中國文學》月刊。

神采。雖然，龔鵬程先生於一九八七年十月二十一日的《聯合報》副刊撰文〈國王的新衣——小論李澤厚及其《中國美學史》〉，文中認爲「李澤厚被稱爲文革結束以來大陸哲學思想界最出色的學人，是大陸學術界『苦悶的象徵』。他的《美的歷程》更在臺灣文藝界造成相當程度的影響」。龔先生評其爲文藝界瞎起哄的現象，爲「學術文化圈裏的空氣，也充滿著翹首仰望的姿態。」文中他以失望的語調說明李的美學修養令人無法認同，李在書中仍然保存有他在五〇年代中共美學大論戰期間，所主張「美的客觀性和社會性是統一的」觀點，因而龔文除了舉出李在文獻證據的誤差及解釋上態度的偏頗之外，認爲李澤厚本身的論點就具有內在的困難，「因爲美若隨時變異，合社會性之後，就很難再合目的性地符合事物客觀規律，除非我們再預設一歷史社會發展之必然目的，此所以朱光潛謂其說爲不通也。」讀此文，我當然贊同龔先生所提出來的幾處評論，更拊掌稱和於「我們能學習著以平常心面對大陸的學術發展，以謙卑心探索傳統文化的內涵。」如此平實而懇切的求知態度。

■ 疏浚傳統是古典的再生

撰寫本文的目的，主在提出對傳統的看法，尤以閱畢劉曉波幾近痛斥鞭撻的文章，我不禁要爲李澤厚護衛傳統而申辯。雖然，李在論點上不能說完美無瑕，但就某些角度而論，他的影響和成就，是無法抹殺的。中共文化大革命的事實，證明了否定傳統的結局是一場空前的浩劫；一個連根拔起的人，豈能蔚爲廣袤的原野世界？一個認爲傳統就是封閉體系思想的人，可能擁有磐石穩固的未來嗎？

當年魯迅強烈批判的狂熱，燒捲了近代的中國，阿Q精神反映了傳統禮教吃人的悲劇，但是，這種狂熱的否定能挽救中國嗎？如果，眞如劉曉波所言「每一次精神革命都意味著對傳統的叛逆，而傳統正是一種理性積澱。這種叛逆的本體層次便是感性生命的永恆的、無限之活力，對暫時的、有限的理性教條的致命衝擊。」這番話卽是肯定一個人生命最光輝燦爛的時刻，就是在不斷的突破傳統之中展現洋溢。

突破再生，固然可喜，但生長所植的根脈，豈容拔取？任何一次超越，無非是根植於本體的再生。我個人讀閱《美的歷程》後，並無感受到劉曉波所言「積澱」之弊，更無法認同李由主體性中抽掉了感性個體，代之以理性主體、道德主體、社會主體，進而以整體的主體性來否定個體主體性的說法。劉曉波認爲李注重——人對自然，而忽視——人對社會，此處完全顯露劉、李兩人唯物史觀與否的相異。若論美學，豈有以社會爲重心而略視自然之理。自然不僅是美學最高境界，更是萬物生存依附的最高標準。不以自然爲重，復以否定傳統，此正是共產主義唯物的重心，如此徒有高度理性的批判，亦毫無價值可言。

「五四」的求新、求變，固然有其特殊的時代意義，然而，回首當年，是否一切新穎、激變皆有價値和意義可言。中共草創的代表人物陳獨秀，曾是一位狂熱愛國的知識青年，當他以全面革新的態度，面對苦難的祖國，一廂情願的認爲唯有共產主義方足以救中國，晚年的陳獨秀完全的否定了自己當年狂熱的火焰，最後落寞的終老於四川。可是，這一把赤色火焰並未因陳的否定而熄滅，它的燃燒，並不是一個人的懊悔或否定自己就能解決得了，這個代價未免太大了。

歷史告訴我們，過於現代、前衛的人，固然有其獨創性可貴的精神價值，但若這些前衛之士，迷航於傳統文化中，輕則自我貶損，重則波及整個社會國家，念茲在茲，我輩能不謹言戒愼嗎？

■吸收、自省、自立

「文革」的夢魘纏繞著劉曉波，曾經是搖旗吶喊的少年，爾今談論的內容，依舊可看出昔日的陰影。《當代》所刊載的劉文，激烈的觀點，大有一舉推翻五千年傳統的氣概，彷彿民初翻滾的浪潮又湧現於前，如此強烈的批判，我認爲是不够客觀的，也不合適於現階段的每一個人。

眾所皆知，美國是西方前衛、現代化的典型，並且，沒有傳統的束縛。今單就其建築藝術而言，一位當代大師級建築師史登說：「我利用歷史創新的組合，解決現代的問題，我既不拘泥於傳統，也不願輕視過去，當人們看我的作品後說『這是屬於此地的建築。』……」就逝去的歲月而言，過去亦曾擁有過現在，而未來使現在成爲過去。若以儒家思想爲凝聚基軸的中國主流思想家來看，本質上是一種純正的理性主義思想，現代中國人除了應反觀而內自省外，更應在傳統、西方、現代三者之間建立一套學術與思想、概念與直觀、理性與智慧之間，基本上應有的平衡而又合於辯證邏輯的關係。

劉氏認爲李澤厚積澱的美學觀點，象徵中國傳統的標準，所強調的是主體實踐性，而非個體的具體實踐，是超越任何個人的人類主體實踐。在這種制度下，劉氏認爲個人一旦整體化便成爲一個沒有特徵的平均值，完全喪失了獨立性，僅僅是一個元素，屈從於外在的人爲因素所安排。在劉眼光裏視爲典型黑格爾式的社會歷史哲學，這種哲學只要求個人對社會負責，而不要求社會對個人負責，它視個人的一切爲惡，爲不道德，爲禽獸行爲，個人要成爲善，成爲有道德的人，就必須自覺地毫無保留地向社會奉獻一切。

基於此，劉氏免不了有這麼一段武斷的評論：

對李澤厚的美學思想的批判，必須從哲學的批判進入對傳統文化的批判。李澤厚思想的總根，不是康德，不是馬克思，更不是魯迅，而是中國傳統文化及其傳統文化所造就的國民性。

誠然，劉氏非僅針對李氏一人而言，其乃就中國傳統的民族性作一個徹底的決裂，由李澤厚的積澱理論推廣至孔、孟思想的核心，認爲「仁者愛人」此一「原始的人道主義」是一種惰性最大、欺騙性最強的「虛幻的羣體意識」；而「民本思想」和「孔顏人格」被稱之「個體人格的主動性和獨立性的高揚」，亦是對國人危害最深的「自覺的奴性人格」。劉氏所言此二者指向的目的就是：徹底扼殺人的個性意識、自由意識，以維持等級制的永恆存在。

論學問，當由寬廣的角度一一批判，一竿子打翻一條船未免失之於偏。事實上，中國傳統與現代之間的情結，民初知識分子已不斷去思索尋繹，尤其一批留歐學生返國之後，面對歐洲發展的魅力，自然地發出了諸多關切的問號，這種關心的參與感，亦是一種對國家、民族的負責態度，由此自然衍生了多元層次的憂患意識。

■沉默和超越

新舊交替的情結，於《文訊月刊》三十期載有龔鵬程教授所提出關切的方向一文。在這篇〈傳統與現代——意識糾結的危機〉文章中，龔先生提出了他誠懇的論點。

> 基本上是兩個關聯的主題：一、從十六世紀以後，到底是什麼樣的力量，驅使歐洲從一傳統的封建制度，激烈地轉變成一嶄新的社會型態。二、相對於歐西諸國，亞洲地區的國家顯然尚未達成這樣的開發，而已開發已發展與未發展之間，究竟又是什麼因素形成了這樣的差距？是缺乏什麼？才使得未開發國家不能迅速邁向工業化、科學化……等等，以致不能成爲如歐西諸國之強呢？

龔先生所歸納這兩個令人關切的主題，不禁讓人省察，由民初迄今，傳統與現代紛結糾纏，衛道之士與現代派者常有水火不容的局面，早期如提倡孔教、讀經、抨擊新文化運動、反對白話文運動、中國文化本位宣言……等，皆是爲傳統文化請命的有力明證。而五〇年代新儒家崛起，六〇年代文化復興運動，都曾與現代化陣營發生過激辯。面對數十年來傳統與現代糾結不清的問題，我們有太多深藏的關注和期許，多麼渴望能理出一條屬於中國眞正發展的脈流，循其徑而蓬勃、茁壯，無論碩大與否，總是一個合適於炎黃子孫生活的環境，自得而舒坦。

每次運動與運動、派別與派別之間議論蠭起，都應促使我們以民族自覺性的良知，在「傳統與現代」的對立思考架構，和「從傳統到現代」的主觀價值信念驅策下，廣泛的沉思自省。龔先生此文強調的主題雖係文學的流變，但卻足以作爲交替情結的引線，讓我們更能正視問題的核心。

中國人需要屬於自己的眞正生活方式，傳統與現代根本毋須刻意劃分，今天所謂的現代，不正是明朝的傳統嗎？誰又願意今朝所肯定認同的眞理，爲明日子孫所唾棄？每一個人之所以能夠發現自己的處境如何，並對處境有所感受與理解，依靠的就是歷史傳統。而自身詮釋的經驗，本質上也是歷史性的經驗，誠如龔先生所言：

我們同時是在依我們存在的境遇感去理解歷史，而又通過歷史的參與，在理解我們自己的處境。傳統和現代不是兩個實體，不是兩個世界；在存在之中，時間也不是直線進展的。「對於能敏銳感受歷史之微妙的學者而言，將『現代性』或『依賴』等概念作爲一種實徵性的變項，且藉以預測國家發展的程度和問題，乃是一件荒謬的事。」同樣地，把傳統與現代視爲邏輯上對立的狀態，並迷信發展就是從傳統走到現代，也是歷史的虛構。

中國人要擁有希望，必須由中國傳統文化中發展出新的認知型範，突破傳統與現代的意識框架。劉曉波在文字中一味地自視中國傳統知識分子爲「自覺奴性人格」所造就出的：愚忠者和僞君子，導致了喪失自我、泯滅情欲。劉氏「奴性人格」的論點，終致使他產生了「孔子死了，李澤厚老了。中國傳統文化早該後繼無人」的結語。

死了或老了，依然足以再生，仍然具有活潑的生命力，中國人所謂的薪傳，傳的就是火種、精神和傳統，李澤厚美學的思想，使對傳統的自我反省有了更多的肯定，這和我們由孔、孟、老、莊、唐宋八家等歷代聖哲前賢的生命中，引燃了生命的火種，使其持續燃燒、照耀，兩者意義是相同的。無論朝那個方向引燃，或者照亮了那個角度，總之，火種的來源是中國的。

身爲一個中國人，沐浴於先哲的文化範疇中，必能領受到傳統溫馨的母性，以及泉湧無盡的源頭活水之愛，只要我們心底皆存有一分對國家深濃的憂患意識。

虔注之情(一)

■前　言

英國文學家蕭伯納曾說：「你們不能相信榮譽，除非你們已曾獲得榮譽。」現在，我也仿他的口吻說：除非我們心中先有文化，否則，是不會了解文化的。

每一個人處於社會上，不僅要生活，更須啟發深刻的思想，培養優美的情緒，使我們生命的內容日益豐富，生存的意義更加完善。身浸於文化之中的人，必使其生命價值洋溢光輝。

中國人的文化觀，窮其根底，皆具有道德性和藝術性，歷代聖哲，把天地看作普遍生命的表現，使物質條件和精神現象，融會貫通，達於渾然無間的境界。這一切盡善至美的理念，隨著五千年歲月之流衍，而得以實現，因此，我們的天地是道德的園地，更是藝術的意境。

宗教在中國所扮演的角色，就是道德和藝術的融合，她所表現的精神，就藉著寺廟的硬體和軟體，表露無遺。其間，雖有西方宗教傳入，但根本上佛、道的思想，仍是民間普遍宗教活動的依歸。

中國寺廟之美，百官之富，尤在共產主義赤化大陸之後，愈發顯現自由基地所保存廟宇之可貴性。炎黃子孫，宜以何種態度，來保存這個藝術文化，實為重要之課題。

自由中國四十多年來，政治、經濟穩定成長，邁入了已開發國家。在蓬勃茁壯中，尤以經濟成長為舉世公認之奇蹟，有此高度的經濟成長，國人當更努力於文化建設上，復興中華文化，培養成一流而有理性的好國民。

先總統　蔣公昭示：「今日之反共鬪爭，推本溯源，實為思想與文化的戰爭，未取決於疆場，先取決於人心；不專武力以制敵，而尤繫於道德精神之重振。」蔣總統經國先生亦曾剴切指示：「我們要記取以前在文化與文藝戰線上的失敗，一切要從頭做起，而注意於文化建設的重要。」「文化為文藝的根幹，文藝工作為思想戰的主力，思想戰是反攻復國戰爭的先鋒。」由此可知，文化建設是匯聚精神力量的源泉，而經濟建設亦唯有和文化建設相輔並存，方是立國之大計。

今日臺灣既是中華文化的堡壘，對於先民智慧的結晶，應該善盡職責予以保存、發揚，使中外人士，皆能因此而體悟我國文化磅礴雄厚之美。中華民國憲法第一百六十六條：「國家應獎勵科學之發明與創造，並保護有關歷史文化藝術之古蹟古物。」古蹟、古物涵蓋範圍極廣，本文僅就國內寺廟之維護與重整的情況，來探討中國宗教藝術精緻的情懷。因為，寺廟的一柱一樑、一瓦一磚，都是藝術的結晶，徜徉其中，可發思古幽情，認知文化精髓所在，而多年來，看到寺廟每多拆毀重建，固然是物質生活富裕的象徵，但精神文明卻瀕臨危急之際，縱然，行政院文建會近年來積極的研討文化資產維護管理規則，並且，多次舉辦有關古蹟維護的研討會，邀請國外專家學者，來臺講授古蹟修復的技術等，但個人認爲政府不遺餘力注重文化之保護，誠屬可喜可敬。然亦非治本之計，倘能積極建立國人對於文化精神之共識，則文建會將以引導輔助和維修的方式，帶引我們進入文化珍貴的殿堂，確認一個中國人存在的意義和價值的取向，如此方爲長遠久安的根本大計。

■ 寺廟之美・沐化清明

在民族文化整體的架構中，宗教是主要的流脈，而要覓得其精神的風貌，除了經藏的記載和民間的信仰活動，最重要的，便是寺宇的軟體和硬體建設。

《詩經・大雅》：「惟此文王，小心翼翼，昭事上帝，聿修多福。」〈魯頌〉：「上帝是依，無災無害。」《書經・湯誓》：「予畏上帝，不敢不正。」先民敬天法天，貴信致誠的宗教情操，成就了人羣秩序和政治導向。國父　孫中山先生在民族主義中，認爲宗教是結合民族的一大天然力。當他於倫敦蒙難時，大大表現宗教信仰的精神與人格。先總統　蔣公早在民國三十年，於〈哲學與教育對於青年的關係〉中，指出天人合一的思想。〈民生主義育樂兩篇補述〉亦明示宗教爲精神的安定力：「人之所以異於禽獸者，在其有精神生活，惟有宗教信仰和人生哲學的基本思想，才是人格的內在安定力。」因此，他說：「若是一個人沒有信仰，就失去了人生的歸宿。一個社會沒有宗教，就失去了精神安定力。」

政府雖不以政治提倡宗教，但無可諱言的，宗教確能使百姓愼終追遠，沐化清明。試觀民間信仰的宗教觀念，大多是籠統信奉的觀念，其中溶合了中國道教的信念，與民間倫理道德意識演化而成生活中的信仰態度。例如：各市、鎭皆有大小廟宇，祭祀不同的神明，有些家中還安置家宅守護神，除每天晨昏點香祭拜外，初一、十五或衆神之生日，皆要隆重地祭拜。然而，如此燒金燃銀，不厭其煩的信仰活動，往往爲西方傳入中國的宗教教徒，或者年輕的一輩視爲膚淺崇拜偶像的型式活動，忽略了宗教眞正的行爲意義，實令人扼腕痛惜。

綜觀國人信仰應是以佛教爲主幹，民間宗教活動又多以道教方式爲主體。佛教雖是東傳之宗教，卻能與中華文化錘鍊融鑄，是以漢明帝傳入後，有秦景憲爲中國誦佛經之始，楚王英爲中國人祀佛之始；嚴佛調爲中國人襄譯佛經之始，笮融爲中國人建塔造像之始；朱士行爲中國人出家之始，佛教自此不但成爲國人信仰之宗教，寺廟更是信仰活動最重要的交融場地，同時，亦是延續命脈的依託，而儒、釋、道也匯爲中國文化之主流。

宗教可使個人的信仰成爲社會的道德規範，維繫社會、宗族、家族與個人間的和諧秩序，個人生爲人，死爲鬼或爲神、爲其他生物等，仍有靈魂游息於天地之間，由於祈求神明的庇佑和供養三寶之虔誠，我們可以看到中國寺廟的建築具有高度的藝術格調。本文囿於環境的關係，僅偏

相關的作用。於復興基地，來探討寺廟之美和宗教情操維繫相牽的重要性，而中華文化的延續，亦和此有息息

■宗教藝術•氣勢輝煌

若論中國宗教藝術，首推石窟藝術。也許和他國一般，同是碩大無朋的佛像身軀，以及壁畫圖錦，但內容卻可提醒世人，這裏反映著中國民族以華夏傳統意識，消化了佛教，成爲中國的佛教文化。如以敦煌壁畫爲主要例證，明顯得知，北魏、隋、唐、五代、宋各有不同神的世界，呈現的藝術面貌、風度，也有所差異，這和各時代的社會背景、政治情境及文學思潮，大有關聯。

石窟造像藝術，遍佈中國大陸，有數十餘處，其中以敦煌、雲岡、龍門及麥積山石窟寺等最著名。其藝術價值，不僅具有我國優美的傳統風格，同時更融合了印度、中亞、波斯及希臘的藝術精神。它所表現的輝煌氣勢，爲中國文化寫下了璀璨的一頁。臺灣雖受歷史環境的影響，有關宗教的寺廟建築，均在明末鄭氏開臺以後，隨著閩、粵的移民，將信仰習俗移植於此地，作爲求生奮鬪的精神皈依。石窟造像應是始於前秦建元二年（西元三六六年），以後各代均有開鑿，最興盛時期，爲北魏至宋末這八百年之間，因之臺灣尋不著石窟藝術，但卻擁有石窟的神像雕塑之美。

石窟中的敦煌藝術成就最高，發揚了繪塑合一融洽無間的殊有文化。有些塑像的頭光和背

光、衣服、帶飾直接延展爲壁畫，置身石窟中，彷彿進入無窮深遠的時空中。友人吳彥文先生以其雕塑之長，負責「龍潭小人國」的造像工作，當他談到製作雲門石窟時，心中驕傲的喜悅，是無以名狀的，窟中寧靜溫和的佛、豐腴健美的菩薩、儀態威武的天王、壯健有力的武士，襯著瑰麗的壁畫和典雅的建築，相互輝映，成爲和諧統一的整體，日本NHK還特地將吳先生製作石窟的過程錄影訪問，可見外人對此藝術之神往熱切了。

中國精湛的雕塑造形，自然影響臺灣的神像雕塑。例如：在各地寺廟當中，我們常可看到忠厚溫和的保生大帝；慈祥親切的土地公；端莊飽滿的媽祖娘娘；溫馨祥和，手持淨柳的觀世音菩薩；雙膝盤坐、普渡眾生的釋迦牟尼佛……線條完整，極具造形之美。廟宇中除了主要供奉的神像之外，其餘飛天、伎樂、龕楣、花飾、建築、羽人、龍、神祇、動物等，亦皆表徵了中國高度的彩塑藝術。

臺灣許多百姓皆自稱信仰佛教，其實，以其宗教活動來看，和道教關係較密。道教係根據中國古代學術、天文、醫術相通而成，吸收老莊、儒家、佛教等思想而形成一種獨特的宗教思想，自明末國人遷臺時，也隨之傳入，迄今道教色彩的廟宇建築和神像雕塑，流露出人間情境的藝術美。

道教的信仰活動甚多，尤其葬儀、做功德等追善供養的祭典，皆由人鬼的媒介——道士主事。其中過程揉和了民俗的音樂和舞蹈等動作，尤其值得一提的是懸於壁上的掛軸。通常是由精於畫藝的人，依照佛教的菩薩佛像、十殿閻王及十八層地獄故事繪成。雖然，技巧上是略遜一籌，但由藝術造形和看這些掛軸，不難發現和敦煌壁畫確有淵源。如佛像的坐姿和手腳的擺法，繪畫的筆法及衣服摺紋的畫法，風格極似。這些掛軸除了有揚善除惡的教化意義外，更表現了民間藝術實富有豐韻獨特的美感。

幼年的時候，我很喜歡欣賞這些掛軸，有時鄰家辦喪典，我卽乘機逐一瀏覽，浸潤其中。而今，這些古老的掛軸中，有的道士依自己之意繪之，因年久而被淘汰，不堪入目，可知掛軸在整個臺灣的宗教信仰和藝術價值上，必有不可磨滅的一環，令人懷念，也慨歎它逐漸凋零。

虔注之情（二）

■ 民族道統・悠遊自得

根據政府於民國七十一年五月二十六日所公布之「文化資產保存法」第三條指示：「本法所稱之文化資產，指具有歷史、文化、藝術價值之左列資產：一、古物：指可供鑑賞、研究、發展、宣揚而具有歷史及藝術價值或經教育部指定之器物。二、古蹟：指古建築物、遺址及其他文化遺蹟。三、民族藝術……。四、民俗及有關文物……。五、自然文化景觀……。」同時。行政院文建會與內政部，會同各方專家、學者，就臺灣地區原暫定之五十三處第一級古蹟，做全面性之勘察、記錄、評定結果，核定爲第一級古蹟者，經內政部於七十二年十二月二十八日公告。其中隸屬於宗教寺廟占國內一級古蹟百分之七十以上，計有：澎湖大天后宮、臺南孔子廟、鹿港龍山寺、祀典武廟、五妃廟、彰化孔子廟、王得祿墓、臺南市大天后宮。這些一級古蹟，雖僅是文化資產中的一部分，但充分的顯示出中華民族傳統精神的文化遺產，和宗教信仰緊密結合的重要性。由此可以透視一個民族的文明進化，提供研究社會科學的各種堅強的基礎與有力的證據。

尤其重要的是：國人在瞻仰先民之藝術情襟時，可確認傳統文化的偉大深奧，建立民族的自尊心與自信心，增進認同感與成就感。文化資產的維護，是文明先進國家施政的重點之一，所謂民族精神教育，並非口號或文字所能完成取代，實質的效益，就要由此開始。

寺廟是因宗教而有，以臺灣而言，許多的民間藝術又是因寺廟需求而生。如石雕僅見於寺廟建築，或少數於富豪的墳墓上，而墳墓雖非寺廟，亦和信仰有絕對的關係。其他如交趾燒、剪黏和紅土燒三種塑造藝術，也都不出宗教建築裝飾或宗教偶像的範疇。因此，在臺灣的民間藝術中的雕塑，幾乎都和宗教有所關聯，同時也反映出各個時代的民風和興隆衰頹的氣象。

細數臺灣的廟宇藝術，石雕方面有：廟前守衛的石獅、龍柱、石鼓、石珠等；木雕方面的有：斗拱與雀替雕刻、門牆與隔扇雕刻、神桌的雕刻、以及抽籤的籤筒、燭臺的木雕等。無論木雕或石雕，皆具有強烈民族性與線條美，在形象的動態和神韻上，捕捉最眞善的藝術風味。此外，廟宇的屋頂上、屋簷下，廟裏的牆壁上，花花綠綠，飾滿了各式各樣的剪黏造形。這些耀眼醒目的裝飾，使廟宇增添無比的光彩與熱鬧的氣氛，剪黏的造形藝術，成爲廟宇建築的重要部分。

在廟宇的建築設計中，除了上述石雕、木雕、剪黏等藝術加以裝飾構築外，在古老的寺廟中，還有一種俗稱「交趾陶」的民藝風格之作品，通常都陳置在廟裏的牆上或廟頂上，以民間傳說的故事爲主題，或是一些動物、花卉之類，藉此添增廟裏傳道之功，並且，強化其藝術氣氛。一座廟宇的交趾陶，有的多達數千件，最少也有上百件，因此，極爲優秀的藝匠，也許一輩子才能爲幾座廟宇貢獻心血，加上臺灣的氣候潮濕，廟宇約五十年就要翻修一次，所以，能保存百年以上優秀的交趾陶，實不多見，這也是其珍貴之處。和石雕、木雕較易保存相形之下，我們不是更應珍視其藝術價值嗎？

廟宇繪畫除具有宗教色彩外，也具有民間社教的意義。主要是繪在門、窗柱、樑間和牆上，除有裝飾之美外，亦可收教化之功，繪畫的藝術，涵蓋了作畫和畫法，皆有中國書畫傳統的神韻，如門神畫、神桌畫，壁畫、木版刻畫，以及架構、柱上或門上的扁額，若維修良好，於今看來，古意盎然，充滿民族文化的濃厚氣氛。

臺灣的寺廟，承襲了太多中國文化藝術的精美，面對這些古老的文物，除了緬懷先民創業維艱，篳路藍縷的可貴情操之外，尚須由此而確認中國傳統文物的精緻，及前人哲學宗教的人生態度。

■ 從根做起‧福國淑世

我國經建蓬勃的成長，令人自傲自榮，然而，看到一批批傳統的寺廟和其他古文物，逐漸爲新穎的鋼筋水泥建築所取代，古典雅緻的木刻、石雕、彩畫、陶塑，不是被賣，就是遭到人們無知的破壞，今天，我們所看到的廟宇，都是以水泥製品、磁磚、大理石、玻璃剪黏的現代建材，更有甚者，在公寓住宅裏擺個香爐、神像，就廣爲結緣。隨著年華的輾逝，我們驚覺廟宇藝術和民藝作品，被淘汰和改變太快了，令人痛心之餘，要想彌補都來不及了。追根究底，並非國人信仰之虔誠不够，而是大家欠缺對古文化資產正確的認識與觀念。換言之，我們對先民的歷史文化並無一脈承續，一磚一瓦乃至一言一行，都難以掌握住祖先們的精髓，徒然只有高度的物質生活，就能臻於先進大國之境嗎？

兩年多前，由教育部安排至澎湖參加自強愛國座談會，期間承馬公中學一位老師的介紹，使我們認識了當地各處名勝，我們搭船至澎湖離島——桶盤島，那兒百姓全賴大海爲生，維生十分辛苦，然而，此島卻有一座居民自願募捐蓋建的廟宇，金碧輝煌，耗資一千多萬，可是，誰又想到，他們的子女因爲要減輕家中的經濟負擔，而未能受到高等教育呢？這個例子，說明了宗教的感染力，何其深刻。可惜，我們大都是敬仰有餘，卻認知不够，方有許多不倫不類的廟宇如雨後春筍的興建於各地，不僅褻瀆了宗教尊貴的威儀，更誤導了外籍人士對中國文化的觀念。

再者，由於臺灣乾濕差異極大，使得寺廟大約五十年就需整修，這過程使得原有古物破壞無遺，弊端之因，亦得歸於廟宇之主持人藝術修養不够，辜負了歷代名匠智慧及技術的結晶。

反觀西方先進國家，或鄰近的日本、韓國，對於古建築物的整飾，必依原來材料、樣式、尺寸及傳統建築技術修葺，盡可能保存原有形貌，因爲，科技的浪潮固然可以滿足我們的求知慾，和改善生活的環境，但是，紮根的落實於先民智慧的泥壤裏，才是一個民族成長、茁壯的泉源，否則，只是無根的浮萍，不知生命的眞實意義何在。

英國李約瑟博士終身致力於中國科學的研究，當他去年來訪時，慨歎臺灣經濟雖然繁榮，但只不過是美國的影子罷了。如果外籍友人來到自由中國，卻尋不著屬於眞正中國人的生活文化，而只有繁榮富庶的物質生活，您說，我們該是自傲呢？還是羞愧難以自容呢？

因此，爲了讓我們做一個眞正的中國人，大家應設法加強維護文化資產有關的教育、家庭、學校和社會各階層，都要負起教育的責任，使每一個國民，都對文化資產有正確的認識和理解，愛護它、關心它，以它爲榮、爲傲。當然，更須積極的訓練、培育傳統建築技術的人才，使這些具有專業知識的人才，投入於各寺廟的維修工作中，更希望有關當局能禁令不合寺廟建築之民間住宅，勿使其濫行。執行的過程，必是艱辛萬端，但狂風逆浪，我們皆要前行，因爲，只有如此，才能確保我們珍貴的文化資產。

■結論

吾人皆知，每一時代的建築含有當時的文化，先人居於此，活動於此，皆可由建築的結構與裝飾、雕繪的藝術獲知，這是一個活潑鮮明而生動的歷史教室。李乾朗先生於「廟宇建築」中有云：「臺灣的廟宇建築是研究中國建築所不可忽視的，也是研究臺灣三百多年來建築發展的重要類型之一。它集結了民間藝術的趣味與社會審美觀之趨向，我們甚至大膽地認爲，廟宇建築忠實地記錄了近代的臺灣歷史。」古蹟文物對我們的重要，在臺灣廟宇尤爲重要，它是時代的見證人，也是最正確的科學史資料館。

先總統　蔣公曾言：「生活的目的在增進人類全體的生活，生命的意義在創造宇宙繼起的生命。」說明了追求財富並非最好，而要有淑世福國之志，繼往而開創未來，才是眞正做人的意義。西方世界近十年來流行一個新觀念：生活素質（Quality of Life），其實就是我國社會思想上數千年來一直跳躍的觀念——重視精神層面與文化遺產，如此，必能與自然世界和諧共存。這個觀念在兩千年前〈禮運大同篇〉、先總統　蔣公〈民生主義育樂兩篇補述〉、嚴前總統和孫前院長提倡「精緻文化」的內涵中，都做了積極的肯定，這也正是經濟成長所要達到的最終目標。

文化是應該保存在我們日常生活中，要使常民文化精緻化，精緻文化普遍化，如此，中國傳統的優良文化必能發揚光大。而歷代的子子孫孫透過優美俊麗的寺廟建築，能在心靈智慧的深處，體會到宗教的藝術思潮和大光的威嚴，在宗教虔誠的信仰中，走入了先民藝術的審美歷程，以及深刻的哲學思辨領域。

這不也是我們的責任，和子孫應該享有的權利嗎？

美的歷程

■寓真意於生活中

工商社會的生活環境，水池、草木、山石、亭閣，別饒風趣，更能發思古之幽情。可惜都市裏腳步仍嫌匆忙，忙得爲自己因生活空間狹窄，無法構築一清新自然的居住景觀，就以堂而皇之的藉口堵塞了。鄉鎭或郊區，也以經濟實用的眼光，來作爲住家建構的標準，似乎中國傳統的園林造景，是政府應給予人民的稅收回饋，於是，要看「什麼是中國風味」，只好到政府所屬的轄管機構，試問：一個平素未與自身所屬文化親切交融一體的現代文明人，又如何以珍惜的心情體仰其間，愛戀這蘊育自然的中國園林美景？

見過故宮「至善園」、板橋「林家花園」、新竹「南園」……等景觀的人，也許會存疑著園林的建設與保持，皆需大筆經費的籌鑄和維修，草木要修剪，水池須保水源清鑑明澈，而亭閣和山石也得賴專人處理設置，才能彰顯其美。

以今日的居住空間，傳統的中國園林誠屬不易，但意識中保存著古典生活情趣的浪漫，應是解決都市文明病痛苦悶象徵的清涼劑，個人的住家環境不妨回歸於歷代文人園林的志趣上。

古代文人以擁有自然爲富有，是以貶謫不遇，感傷苦痛之際，便以山水之樂解憂去悶。經濟狀況差者，則縱情於毫不假手再造的純眞天然之景。晉人陶淵明可說是士人田園生活的典型，在「不爲五斗米折腰」，棄官歸隱田園的生活，是如此的經營著：

榆柳蔭後簷，桃李羅堂前。（歸田園居）

望雲慚歸鳥，臨水愧遊魚。（始作鎮軍參軍經曲阿）

如此澹泊的田園之居，和石崇大族權勢的富麗景觀，自然迥異，但，如果細觀中國建築發展流脈，不難發現自古以來，不論是宮廷園林，或純樸的自然園林，留以無涯的大自然爲景觀設置的最佳背景。

現存的古典建築已難復見，但由幾處新闢或重修的傳統建築來看，中國人喜歡將起居的空間延展到庭院，再由此伸延到戶外，與藍天白雲、青山綠水錯落互置，成爲一種獨特融入自然的園林觀。

我們可由唐・柳宗元〈永州八記〉中尋覓自然山水的風采，〈鈷鉧潭西小邱記〉裏，柳宗元藉著自然環境中引發性靈之美，也是人工園林最高的追求境界。

得西山後八日，尋山口西北道二百步，又得鈷鉧潭。西二十五步，當湍而浚爲魚梁，梁之上有邱焉。生竹樹，其石之突怒偃蹇，負土而出，爭爲奇狀者，殆不可數。其嶔然相累而下者，若牛馬之飲於溪；其衝然角列而上者，若熊羆之登於山。邱之小不能一畝，可以籠而有之。……卽更取器用，剷刈穢草，伐去惡木，烈火焚之，嘉木立，美竹露，奇石顯。由其中以望，則山之高、雲之浮、溪之流、鳥獸魚之遨遊，舉熙熙然迴巧獻技……

柳宗元質樸的生活觀，使他置身於仰可觀山，俯能聽泉，而屋傍則是山水雲樹。當知田園非大，再小也可成園，屋外天然景象，卽是重要搭襯的背景。

■種成天然一園觀

環保意識的擡頭，讓我們警覺自然似乎已漸行漸遠而去，屋裏、屋外，覓不著綠意的生機，走在街道，噪音、灰塵取代了原有步行的樂趣，一棟棟高樓櫛比的龐然建築，讓人分不清楚是香港、東京還是臺北？卽使鄉鎮小道，也爲高度的物質文明淹沒，農舍改建成平頂的樓房，沒有園景，沒有鄉野的風味，由北到南，屋宇的格式如出一轍，中國的土地上何以皆是仿西式的建築？而西式建築中寧靜的園林之美，我們卻認爲太占空間，摒而棄之，就如同使用一把可以用來清潔牙齒的牙刷，全然不顧其造型之美，包裝適切與否，以及是否合於牙齒的結構，僅僅在意所使用的是否爲一把刷子而已。

人類眞可以自外於自然的律則嗎？從生態學的觀點而論，地球是所有生物的共同天下，在有限量的空間、資源下，萬物之靈的人類，以侵略的本質，破壞了生存環境的穩定性，導致了目前生態環境的惡化狀況，假若人類再步步逼進，則所有動、植物就無死所了。

西元一九八〇年「國際自然及天然資源保育聯合會」（IUCN）、「聯合國環境計畫組織」（UNEP）和「世界野生動物協會」（WWF）等三個國際組織，共同出版了《世界自然保育策略》（*World Conservation Strategy*）一書，序言中明示：

> 人類爲追求經濟開發及享用自然界的資源，必須接受資源有限的事實，並考慮生態系的負荷能力。同時，更需要考慮後代子孫的需要——此亦卽自然保育之使命。如果開發之目標是爲了提供社會的經濟福祉，則自然保育之目標卽是要確保地球的負荷力，以求永續開發並維持一切生命體系……

我國亦於民國七十一年五月二十六日，由總統明令公布「文化資產保存法」，規定將自然文化景觀，如產生人類歷史文化之背景、區域、環境及珍貴稀有之動植物列爲需要保存、維護及宣揚之文化資產。由這裏可以強烈感受到，我們觀念中已深知自然文化景觀維護的重要性，但是，社會的習慣性，造成一些閉鎖性的障礙，甚至，在物質浪潮的掩蓋下，功利而現實的價值觀充斥其面。

在與自然親近交融的情況而言，我們看到的大都是人性中短視近利、自私漠然、罔顧公益的一面，住家外可任意拋擲垃圾，只要自家清潔乾淨卽可；鐵窗的陽臺上掛滿了拖把、衣服，無在乎有礙觀瞻，這種長期的、慢性的大環境的污染，早已喪失了中國傳統以來和自然相互依賴的自覺。

此時此刻，不禁讓我嚮往白居易「家園三絕」中，所表現文人質樸的園林景觀：

一

滄浪峽水子陵灘，路遠江深欲去難；何似家池通小院，臥房堦下插魚竿。

二

籬下先生時得醉，甕間吏部暫偷閒；何如家醞雙魚檣，雪夜花時常在前。

三

鴛鴦怕捉竟難親，鸂鶒雖籠不著人；何以家禽雙白鶴，閒行一步亦隨身。

魚池、家禽俱是天然風景，白居易的家園景緻，正是中國建築所要表現高雅清幽的氣息，以及悠閒寧靜的氛圍，這種結合美與自然生命情趣的居住環境，在今日已難尋覓，怎不令人噓唏喟歎！

■ 新潮中的古典浪漫

美國的建築向來以前衛、現代化的時髦，為地平線上雕塑出多樣的風貌，在一棟棟聳入雲霄的摩天建築裏，有心人當可剖視出天臺上的噴泉、廻梯和棕櫚樹，提供都市住戶的絕佳景觀，縱使是前衛性極高的大厦，也有緬懷三〇年代摩天大樓的黃金年代，使其重新詮釋歷史，雖然，有以大膽的幾何圖案和強烈的色彩，作爲建築師本身風格的獨樹一幟，但仍保留著人類追求自然的陽光、綠野和空氣的本能喜好。如現年四十七歲的美國建築師漢默強恩，他的建築設計耀目而時髦，以傳統摩天大樓的造形，將其改變爲令人瞠目咋舌的太空時代造形，「差異化」是他建築的最大特色，在耀眼而新潮中，強恩把握了居住者樂居其間的原則。

「建築師必須是一位樂觀主義者，而且，必須將其精力和驚喜貫注於所設計的建築物，這才能改善都市的居住環境。」這是強恩設計建築時強調的宗旨。

無論前衛或是古典，改變不了的事實是我們活在今天，切身所關心的是什麼樣的建築，才能使我們住得快樂、活得健康。無可諱言的，人類長久以來，對空間住宅的規劃不是沒有根據的，是以再現代、時髦的建築師，必皆以此作爲出發的據點，絕不可能在推翻所有傳統的建築理論之後，光憑自身特有新創的風格，而能設計出適合人類居住的景觀來，祖先的智慧，畢竟有我們借鏡之處。

美國後現代主義者威廉派得遜，作品結合了現代和古典的精華，呈現新穎獨樹的風格，他說：

古典主義教導我們重視建築物的規模，注意人類和建築每一部分的關係，及建築各部分的關係。

設計建築就像詮釋樂曲一樣，必須注重建築的每一部分以及起承轉合的關係，才能有和諧美好的作品。

喜歡彈奏古典鋼琴的派得遜，他說演奏音樂和建築原理有異曲同工之妙。在古典的樂聲當中，這位曾有青澀童年的建築師，所傳達的非僅是他個人的創作理念，更是人類追求和諧美好的生活境界。

由西方回觀中國的現代，臺北圓山飯店，一望而知是中國的，可是，走在大街巷道中，不要說自己國家傳統的品味已不易覺察，卽連生活藝術的美感，也要快被剝奪了。鋼筋混凝土的建築，徒具西方表象，卻難以掌握人類嚮往自然的原性。

其實，中國人的藝術氣質非常強烈，感覺的敏銳和微妙，常以「無理而妙」來說明。由整體的文化特色而言，中國文化極具有實用性與包容性。

在實用和包容的文化範疇裏，我們怎能尋繹不出一個適合現代中國人的居住環境呢？

■一片歡笑且相親

就整個人類歷史的演進而言，建築的情感抒發，應是在理性的滲透、制約和控制之下，表現出一種情感的理性美，尤其，每一個民族居住的造型結構，必在一定程度和意義上，出現以特定的對象或意念爲審美的基本特色。

從新石器時代的半坡遺址等處來看，方形或長方形的土木建築體制即已開始，此亦成爲中國後代主要建築的形成。據諸多文獻記載，歷代具有代表性建築，不同於西方的是一座座獨立自足向上推起單純的尖頂風貌，而是以平面展開的整體複雜結構，秦漢、唐宋、明清的建築藝術基本上都持續了相當一致的美學風格。

中國繪畫理論中有「可望」、「可行」、「可游」、「可居」等山水特色，在建築中也展現了相同的精神，易言之，此不重在強烈的刺激或認識，而重在生活情調的感染薰陶，建築平面鋪開的有機羣體，已把空間意識轉化爲時間的進程，因而，中國建築的平面縱深了空間，使人在遊歷樓臺亭閣中，可深切的感受到生活的安適和對環境主宰的意識存於心中。

園林藝術展現了迂迴曲折、趣味盎然，以接近自然山林的審美建築爲主，置身其間，便覺空間有暢通、有阻隔，變化無常，出人意料，可以引動更多的想像和情感，此即強烈表示人間環境欲與自然合成一氣。因而，在傳統建築中，可以看到它通過各種巧妙的「借景」、「虛實」種種方式和技巧，使建築羣與自然山水的美溝通會合起來，而形成一個更爲寬濶自由，也更爲和諧自適的人生境界。連天上的雲朵、遠處的山水，亦收入整體的佈局中，山光、雲樹、帆影、江波皆可收入建築中，更遑論小橋、流水的實景了。

中國居住景觀的可貴處，在於毫無超越現實的宗教神秘，也無脫離傳統的前衛，而是把空間意識轉化爲時間過程，渲染表達的仍是現實世間的生活意念。

曹愉先生曾在〈中國的建築與中華文化〉一文中❶，就佈局與形式，歸納爲六個特色，今摘錄於後：

一、平面佈局住宅建築多在基地四周建造房屋，中間保留庭院，而每幢房屋的正門又都面向庭院。宮殿、廟宇等，則在基地中軸線上佈置一連串的主要廳堂，四周則用磚牆或長廊圍繞起來，形成一進又一進的連串庭院，由其院落的多少和每幢房屋的面積與大小，來顯示其房屋地位之尊卑。

二、立面形式很顯著的分成基座、牆身、屋頂三大部分，且每部分都有一定的比例及標準做法，如住宅基座都用磚石疊砌成方形矮座，大殿基座則用白石雕砌成單層或多層須彌座，牆身則分磚砌隔墻式的「硬山格標」；或末造格扇門和檻窗式的「四樑八柱」兩大類，屋頂部分廡殿、歇山、捲棚、攢尖、懸山、硬山等六種做法，而在連串的多幢大建築中，其整體立面形式，由低漸高再變低，呈現一種抑揚頓挫的節奏。

三、在建築結構上，基、柱、樑、標、椽、斜撐等部分全部外露，此因我國建築主要是以木造爲主，以支柱承受屋頂重量，開間大小可隨意變化，裝飾方面也較磚石方便，尤其對錯綜複雜的榫鉚結合技巧，更是有獨到之處，甚至像北平天壇，皆以榫鉚結合，毫無支柱的痕跡。

❶見《孔孟月刊》第二十三卷第二期，曹愉先生撰〈中國的建築與中華文化〉一文。

四、細部結構上擅用曲線，除圓弧、橢圓、反曲線外，尚有拋物線，此爲他國所無。拋物曲線除有活潑美感之外，更有雄偉氣勢，如拱門、拱橋，亦皆呈圓形或拋物線形，可知吾國藝術所講究的是圓通、融合，避免尖銳形狀。

五、中國建築巧妙運用天然色澤，北方天寒，喜用濃重色調，如淡紅色牆身、朱紅大門、青灰屋瓦等，南方溫暖，喜用白色牆身與淺褐木材原色，使有明快幽雅之感，北魏以後，中國發明了琉璃，建築色彩愈趨富麗堂皇，尤其宮殿與寺廟大量採用天然原色，巧妙使用紅、綠、黃、紫等，使我國建築色彩有醒目突出之色。

六、我國人最重天人合一思想，一切以自然爲宗，卽住家、廟宇，亦必選花木扶疏或風景秀麗處，或者以人造園林，或山或水以自然爲法，極重密疏明暗之協調，此與西方四四方方、整齊畫一的庭園景觀，大異其趣。

上述所陳，係中國漢族建築的一個共通特色，在公寓林立、幾近全盤西化的今日，反觀傳統的優良及特性，再看此時中國建築的式微，我們何其難堪。

莊嚴宏偉的宮殿、寺廟，或者自然諧趣的民宅居第，都表示出中國建築的均衡調和，如果能保存此優良的傳統特色，再配以西方建築的科技及精確性，深信每一個中國人不僅以此爲榮、爲傲，最現實的，大家皆有一個和諧自適的居住環境，何樂而不爲呢？

卷五

解語

醉翁之意不在酒

■垂釣的哲學

動了　動了
魚兒上當了
哈
和我的手掌一樣大
爸爸說
放了他吧
魚小弟
年紀太小

好喜歡和孩子們一同浸泳在這首童詩的世界裏，不同時代，相異文學的表達形式，依然可以達到震撼心靈、引起共鳴的作用。但若要成爲此首入選「洪建全兒童文學創作」詩歌類首獎的作品中，這位熱愛生命、擁抱生命的釣者，著實不易。

讓我們再繼續來看看孩子在體仰父親以愛來歌頌世界之後，小小的心靈是什麼樣的感受？

動了 動了
魚兒被騙了
哇
比爸爸的手掌還要大
我也說
放了他吧
魚爸爸
年紀太大

一雙慧黠的眼睛，好似洞悉父親善感溫良的心，孩子是容易被感染的，但絕非僅限於成人的話語，或外在的表像，而是眞誠地、深入的走進成人的世界裏。

魚媽媽
她要回家
照顧魚爸爸
她會想念

魚小弟
還是放了她

父親的一份關愛，注入孩子體內的航道，衍成如此寬廣磅礡的河域，親嘗生命中美麗的滋味，竟然是如此豐饒和眞實，我們的孩子又怎能不再說話呢！

黃昏時
我們兩手空空
輕輕鬆鬆
心裏卻裝滿了
魚
滿滿在心中

孩子釣到的魚，也許無法讓媽媽在厨房烹煮鮮美的口味，但一定能讓他嚐到甜密溫潤的滋味，足足可以繞樑三日，不絕於心。

魚兒，是在我們垂釣的淸溪裏，每一位釣者，莫不因見著淸澈的溪流和活潑的魚兒而欣喜，珍視這曇花的光景。如果，釣者皆能愛戀天地，當手持長竿，蹲踞河岸時，爲的只是祈求一份與自然長存的心靈美感，而非果腹的飽餐，放眼之處，皆是芳草連綿，波光瀲灩的盈盈水湄。哦！「上鈎了！」我釣著了「白樸」悠閒自適的人生！

黃蘆岸、白蘋渡口，綠楊堤、紅蓼灘頭。雖無刎頸交，卻有忘機友，點秋江、白鷺沙鷗。

傲殺人間萬戶侯，不識字，烟波釣叟。

■靜觀自得

海明威的《老人與海》，是智者勇氣的昇華，是勇者精神的鍾鍊；姜太公渭水垂釣，是寸寸以水影自觀自省的天心，而這首得獎的童詩「收穫」，更有父子天倫的交融，緜延長繫，浩浩蕩蕩，大自然眞是涵蘊萬千啊！

「君子愛財，取之有道。」物質生活的需求，使我們必須建立在民以食爲先的基礎上，沒有錢，似乎寸步難行，顏回「一簞食，一瓢飲，居陋巷不改其樂」的心襟，今日似已成爲陶淵明的「桃花源」了，果若有靜觀的功夫，必有「收穫」一詩中的啟示，逐漸可以明白，人對物質的依賴和追求，是應該以心靈智慧來作爲生活感官世界的導向，每一方寸，都要充滿井然清新的秩序，和自然甦生的昂揚。

幾千年來，中國人經歷了無以復計的苦難和折磨，卻成就了我們無比堅忍的耐力，和處於天地之間剛柔相濟，應運自如顚撲不破的信仰。人的命運有如長江黃河，源源不絕的運替著，新浪覆掩住前浪，承襲了舊有的餘蔭。藉著這股聚匯而成強靭的耐力，使我們面對慘痛的際遇時，仍可絕處逢生，寄予新生的希望。

唐朝杜甫寫下了曠絕古今的「三吏」、「三別」，道盡當時社會窮兵黷武的禍患，百姓淒苦，慘絕人寰。我們在〈新安吏〉這首詩可以看到：

白水暮東流，青山猶哭聲，莫自使眼枯，收汝淚縱橫，眼枯卽見骨，天地終無情。

詩聖杜甫筆下所寫的生民別離家室，遠罹烽鏑，親朋送行的情景，極盡人世間的悲慘，詩人雖然因此而有哀苦嗟歎的傷感，但是，內心深處，仍是長遠靜默的觀想。他想著「安史之亂」造成如此災禍，如果，不以戰爭來彌平，暴亂必無法停止，百姓必難以有太平之日，因而，除了勇敢的迎受當面而來的征戍之苦，還有什麼方法比這個痛苦的代價更能解決問題呢？因而，在詩中，我們看到了老杜在呻吟聲中所燃起的鼓舞、慰藉的情懷——也就是典型的中國情懷。

就糧近故壘，練卒依舊京，掘壕不到水，牧馬役亦輕，況乃王師順，撫養甚分明，送行勿泣血，僕射如父兄。

如此心境的轉化自適，可以說是中國人特有的氣質，〈垂老別〉、〈新婚別〉也都有如是之觀。和這股中國獨特氣質愈爲接近時，不由得使人除了尊敬老杜以外，更爲中國歷代先人掬上一份虔誠馨香的仰慕。

老妻臥路啼，歲景衣裳單，孰知是死別，且聞傷其寒，此去必不歸，還聞勸加餐。（垂老別）

暮昏晨告別，無乃太匆忙……君今往死地，沉痛迫中腸。（新婚別）

這兩首詩，前有慷慨前行，因垂老從戎而悲歎；後有怨懟夫君，既而自艾之傷，是以有「嫁女與征夫，不如棄路旁」的嗟歎詩句出來。然而，先民的精神是和天地長存的，征戍之途雖然死傷無數，家破人亡，但若是爲一個高遠的理想而戰，雖死猶榮。子子孫孫薪燼火傳，我死只不過是軀殼消失形象罷了，精神已然如一粒不死的麥子，在泥壤中萌芽、成長，蔚爲寬袤田野。

爲了使精神在子孫的血液中繼續奔騰滾沸，可以想見的是，杜甫在悲歎一番之後，仍然穩住悲緒，仰天長嘯。

何鄉爲樂土，安敢尚盤桓。（垂老別）

勿爲新婚念，努力事戎行。（新婚別）

我們深刻地看到了這種以傷亂情愁進而激發自己勇於奮身前進的心志，與其遭亂而死，不如討賊而亡身。因此，在前段見到杜甫雖以年邁、新婚而自憐，淒楚地遲廻長歎，末段反顧自思，終究以勿念新婚，安敢盤桓，作爲成全大我的情操。如此不以身家爲念，卽是先人開疆拓土，福佑子孫的情襟。

古人在貴重物品上，常刻有「子子孫孫永寶用之」八個字，藉此祈求子孫蒙受福澤，福祿長蔭。中國人對於緜延家族，乃至延續整個種族生命的後代，絕對重於自身的利益，這個特殊的意義正如前文所言那兩位垂釣的父子，父親一竿子釣起的是對魚小弟的愛，而孩子的釣竿卻釣出了整個心靈的至愛，飽滿充實的溫情蘊於他們父子心中，這個愛的延續，正是所有中國父親的企盼。看似縹緲無著，其實乃是以天地自然爲依歸。

每一位中國典型的父親，都應在生存中看到希望、光明，乃至整個未來。長者將來世的希望，寄託在子孫的身上，子孫的福祿，不僅是父母的理想，更是自己心靈深處幸福的表徵。這也正是說明了爲什麼中國人對於自己的民族、家族能夠安然於現實的苦難時，表現出一種雍容的、遙遠的、寬懷的冀求。杜甫在「安史之亂」所表現的情愫，並非是單一的個案，文中舉出他爲例加以說明，正因爲老杜的思想涵融著中國歷代祖先渾厚結實的一股希望。

《列子．寓言》裏，有一個傳誦久遠的故事，主人翁是位生命力堅韌如山的愚公，小學時讀到「愚公移山」的課文，心裏始終認爲他眞是笨，推土機一剷不就成了嗎？迄今自己有了孩子，看到愚公「子又有孫，孫有又子，子子孫孫無窮匱也」的生活態度，方逐漸明白我們民族的智慧，是活在長久的尊嚴與榮耀之中。

■中國月亮分外明

當「麥當勞」、「溫娣」等速食文化襲捲國內的此刻，儘管女青年會呼籲中國媽媽要以自製漢堡來抵制高價位的售價，表面而言，這僅是國人一個餐飲習慣的改變，消費刺激生產，有何不妥呢？

可是，深究其裏，不難察覺我們到速食店的目的，不在其速，幾乎是青少年流連徘徊的社交場所，到速食店成爲一種時髦的象徵，不知道的人就是落伍和封閉。

多麼期盼我們的行爲皆有文化的註腳，無論是回歸深省，或者延向未來挑戰，都蘊有醇濃的中國風味。最近，行政院文建會完成一系列地方文化中心文物館規劃案，以各地方值得保存及發揚的傳統文化爲設計的重點。文建會以一般活動的公眾場所，使之強化爲地方上優良文化的傳承和創新的角色，實在令人興奮，寄望於此的深情，切盼勿如十八座縣市文化中心的營運失調才好。

如今的浪潮可謂前後洶湧，社會的表象好似尋不著如那位垂釣的父親和兒子，我們看到了許多根本不願以愛來垂釣的父親，以及違逆父愛的孩子，爲的是「突破」、「創新」，再造新局面。我是個從事教育工作的人，就教育而言，當局已有許多觀念及措施的革新。例如：青少年髮禁的放寬，研究考慮開放高中學生出國留學的可行性，與准許私立中小學增班設校，以及去年耶誕夜臺北市、高雄市以開創性的作法舉辦鑼射舞會等，社會大眾的重視與肯定，說明了今日教育思想制度已逐漸朝向自由化邁進。

尤其是「諾貝爾化學獎」得主李遠哲博士，舉出以歐美大學「教授治校」的觀念，來提昇國內大學教育學術的水準，更引起學術界很大的衝擊與廻響，這一連串反映我國邁向開放教育的事實，也連帶的引導國人的意識型態在未來和傳統之間，努力釐定一個使社會更能長保久安的觀念價值。但有一個非常重要的觀點就是，這種腳步不宜過速，歐美的民主政治比我們實施得早，民主經驗也比我們成熟，邁向自由化，亦是循序漸進，非一蹴可幾的，同時在追求進步現代的過程當中，必能掌握傳統的基礎與精髓，和歲月的軌跡融鑄成一條未來的康莊大道。

《三國演義》是一部稗官野史，頗能道盡中國讀書人的風襟態度，羅貫中在前頭序詩寫著：

滾滾長江東逝水，浪花淘盡英雄，是非成敗轉頭空，青山依舊在，幾度夕陽紅。白髮漁翁江渚上，慣看秋月春風，一壺濁酒喜相逢，古今多少事，都付笑談中。

風流人物自是如此，迄今仍感覺彼此之間呼吸相連，血脈貫穿，即如賈誼的〈過秦論〉、蘇洵的〈六國論〉，皆有豪傑英雄見微而作，天下萬民風動而興的深意。唯有抓住歷史的契機，才能使中國的精神鮮活的呈現在我們的心中。

垂釣的父子，是天倫親情的衍伸，他們將至貴的情愛投向了人性當中最聖潔的關係，今天我們也必須把屬於中國人倫的價值取向，投給這一代中國的歷史、文化，鍾鍊出永恆的光芒。

此時，讓我聯想起鄭愁予的詩，我個人異常鍾愛，時常在課堂上和學生們共同欣賞，他的「衣缽」有這麼一段，讓我想起了自己是何人？身處何境？應該做些什麼？

然後　讓我們想到，
耳語像春風一樣自江南綠過來，
古老的大地在年青人的走告中復甦，

在海外　南洋諸島被「演說」一個個的拍醒。

僅希望大家都是甦醒的人，知道自己是誰？應該朝那方向邁進。

生命的沉思

■珍珠與泥壤

時光的飛馳，往往在令人驀然回首中的那一剎間，驚駭慌恐，在每一個日子裏，我們的耕耘與收穫，似乎皆未盡如人意，於是，許多的「假如……」、「當初……」，懊惱頹喪的情緒，似乎多於沉緬懷舊的感覺。

其實，在新舊交替、中西更迭的時潮中，如能破執外相，剝開事物外在的層面，去作人性的體認，方能冷靜而理智地促使我們去思考、選擇前進的方向。而這種體認則必須與自己民族的生活、歷史和文化結合在一起，並以此來充實自己的生命，培育出獨立思考的人格特質，方有洞察現實的力量產生。

笛卡爾的「我思故我在」，說明了思想之功用在於教育人在處事時能有自觀反省的智慧，因爲，一個人如果沒有內自省的功夫，就培育不出堅毅的意志和力量，只是囿於型式和教條而已，思想的出路更不用去談它了。

內省自思的人格，在狂風暴雨中不能改，在和風細雨中也不能改。挫折與磨難，無法打垮我們的意志，徒增生命的智慧罷了。因此，面對苦難之時，不要把自己看作珍珠，要視己身爲孕育萬物的泥壤，滋生一切，息養眾生。

珍珠的光芒，那抵擋得了泥土的芳香呢！

■莊嚴的自剖

民國十六年，王國維先生以「五十之年，只欠一死；經此世變，義無再辱。」時代的悲劇使靜安先生感受到莊嚴的生命，一再受到屈辱，他想求新求變，以知識分子的力量，來涵泳這個腐爛、墮落的世界，奈何世變的波潮，拍擊著苟延殘喘的痛苦，死亡才是最神聖莊嚴的自剖。

陳寅恪先生就靜安先生的志節，有著最深刻的體認，他認爲「思想而不自由，毋寧死耳。」可謂眞切的道出了「義無再辱」的眞諦。

「昨夜西風凋碧樹，獨上高樓，望盡天涯路。」此等心境，當後輩反觀自省時，必當體悟到靜安先生的一番氣概了。

於此，不禁讓我聯想西諺之語：「少看一些東西，才能看到更多的東西，才能看得更淸楚。」（With less to see, we see more and see it more clearly.）王國維以此莊嚴之死，不就是讓自己闔上雙眼少看一些東西，而讓世人因此能看得更遠、想得更深。達摩祖師面壁，乃以此理激發自己，而觀堂先生此舉，意在湧起另一股自省的浪潮。

因爲，「躺在地上的人不會跌倒」❶。

■ 精神的有知・無知

日本的藝術家內心深處總是認爲：藝術的創造是一種宇宙生命的接觸，如能劇、俳句、花道、茶道等，所有的藝術家都把這種宇宙生命的接觸表現在作品中。小說家遠藤周作❷，即希望經由人類去探索一個廣濶的宇宙生命，他肯定的認爲：精神無知，是人類痛苦和罪惡的根源。

「每當思考及人類的痛苦和罪惡，我便覺得有必要去反省藏匿在這個世界裏的精神無知，而佛教教義既然已經指出它的所在，我只有在作品中匯集問題，而且把我寫作的原因結晶化，描述人類是不够的，還必須去觸摸到生活，並且，去生活，這是我身爲一個日本作家最大的追尋。」

遠藤周作的創作哲學是：以生活和歷史意識結合，在傳統中覓求創新的方向，這股意識使他

---

❶《西班牙的悲劇》Thomas kyd: *The Spanish Tragedy*, 1,2,15): Oui jocet in terra, non habet unde cadat.（He who lies on the ground, has not whence he may fall.）

❷一九二三年生於東京，天主教徒，小說《這樣的沉默》——處理了長久發生在一些住在日本的外國人的主題，像他自己一樣，他是日本的葛拉罕・格林（Graham Green）：信仰、神、罪惡、殉道、出賣（見《聯合文學》第十三期，一六〇頁）。

對時間有永恆持久的態度，同時，更是一種將永恆與現世結合看待的意識。這個觀念使得一個創作者變得傳統起來，同時，更使他懇切地了解在時代中所佔的空間，了解自己與當時環境的歸屬關係，此乃係自省自覺的功夫。

西方現代主義詩人艾略特（T.S. Eliot）曾說：我們看過不少流行一時的文學作品，固守著取悅蒼生的風貌，在一有限的時代裏澎湃喧騰，彷彿是灼石鑠金的不朽之作，最後，終於埋沒在時間的河床裏，涓滴不餘的爲泥沙所消滅。因而了解傳統的精神，尊重傳統，尤其一位文學的創作者更要顧慮文字的傳承是長遠的，建立在不朽的古典銜接輝映中。「如何在尊重傳統的精神狀態下創新」，應該是一個很好的內省課題。

一個完整的歷史意識，會讓我們對傳統引發沉潛的思慮，而且，必然孳生覺悟，否則，艾略特怎麼能說出：

任何人過了二十五歲，假如還想繼續以詩人自居的話，歷史意義乃是他不可或缺的條件。

古人和今人是同存相生的，今天我們的努力，不就是爲了綿延一個永遠不會消滅的「過去」？

■ 不變的常道

人是從不變的常道而來，這個「常道」，便是在萬物根源的地方，創生萬物，滋養大地的泉源。

《韓非子．解老篇》：「道者萬物之所以成也。」在國人基本信念裏，道乃繫於生活中具體且平實的事件裏，決非形而上的空談心性。因此，中國文化所著重的，是歷史時空展現的具體世界，也就是材質氣性的世界。綜括而言，一個眞正的中國人應是體仰於山水之間，愛論時政，喜談歷史得失，能在整體的中國思想史脈絡中，理淸自我獨立思考的能力，進而認知時代遞變的痕跡，通古今之變，究天人之際。

牟宗三先生於〈六十年來中國青年精神之發展〉一文中❸論及青年對生命之體識應有的態度。

> 人的生命在根本上卽一向老向死而迫近的歷程。人生的一切活動，無不本於自然生命力的耗費。因而一切自覺的求有所創造的活動，都是人之自覺的在犧牲其生命力之一部份，亦卽可說是對生命有所犧牲，而自覺的向死的活動。

人總是「愛生」的，但人也總是逐日在接近死亡的，因而，一個眞正了解生命價値的人，在文化倫理中當可釐淸「所欲有甚於其生者」，在保存自然生命的過程中，擁有更多實現無限的精神理想，成就更豐富的精神生命，是因牟先生將這股「自覺」的精神視爲「犧牲生命力」的表現，唯有如此，才能成就眞正的精神生命。

---

❸ 參見《生命的奮進》，時報出版公司，民國七十三年出版，牟宗三著〈六十年來中國青年精神之發展〉，一一三頁。

試問思想家不犧牲其一些生命力，如何能發現眞理？詩人不犧牲其一些生命力，如何能爲詩？事業家不犧牲其一些生命力，如何能成事業？賢妻良母不犧牲其一些生命力，如何能造成一好家庭？一切人生之自覺的創造活動中，同賴於人之一種犧牲的精神。

面對整個國家的山河、人物、歷史、文化，橫陳於我們心靈之中，轉化成世間顚撲不破的眞理。

中國之美，卽在此中。

■ 差　別

世間的錯，當然是錯，
世間的對，也非眞實的對。
那敏銳的美感，
不斷作顫震的調度和領悟，
把我的心，安適在那
才是對的，才是對的、對的
美上。因而
美，甚至超越了愛。

這首〈差別〉出自女詩人敻虹的筆下❹，美感的經驗，使人生在那盈盈的一瞥中，錯與對完全在萬刼的刀光火影裏融銷於無形。

禪宗所求收放自如，是一種心能轉物的大能力，如此生命力方有生機的暢通。而我們的「心」就是在美之上，當然有「甚至超越了愛」的感覺。正如一條河的流響，或一隻海鷗的飛翔，都足以教我們究竟生活中的智慧與眞理。莊子的「至人無己」，淵明的「悠然見南山」，皆是美的極至。

是以，不要讓心靈閉塞，更不要讓心理流蕩，在每一刻沉靜、默思的片段，皆須有專注的目標。卽使是心有憂慮，也要去想何事憂慮，又如何憂慮。「知我者，謂我：心憂。不知我者，謂我：何求？」內心的憂慮，是一種美的企求，遑論世間的錯或對，所反映的非只是生活中浮淺的現象而已，同時蘊含心靈的深度與廣度，是一種接近眞理的深度，以及同情關注的廣度。

敏銳的美感，使生活互動的流通，在對與錯之間因來而往，因往而來。心中存此之美，自能擁有鼓舞、振奮的力量，隨時能夠沉穩、篤定、提昇與豐盈。

但，我怎能忘懷你呢？
讓湖泊在秋光中幻失，
讓松雲消隱，讓蟬聲一下子沉靜。

❹〈差別〉刊於七十六年十一月六日《聯合報・副刊》。

只有放手，讓來自山林的、
回到原來的山林。
深刻與悲痛，來過與走，
中間沒有差別什麼。

■痛苦是永恒的美

春天來了，讓我們深切的感受到呼吸、行走，一切的動心起念，都是希望。

許多人慨嘆，在生命的角力中，我們往往輸掉一切和自己。其實，在思想的究竟之處，「我」是誰？輸掉的豈只是自己，還有那無盡連綿而逝的歲月哪。

播種的時機已到，在耕耘時，努力挖掘自我。笛卡爾的「我思故我在。」唯有深耕易耨的人，方有豐碩果果的花實，尋覓得智慧剔透的寶石。心中有愛的人，每一吋的耕耘土地，都將長出花果和穀子。即使是憂傷和困難，也是一幅無限憧憬的美景。

花實是園丁的歡笑。

畫家雷諾瓦曾說：「痛苦會過去，美會留存。」人生的苦或許是激勵美感再生的源泉。有人以現實衡觀晉詩人陶淵明，認為其消極避世，僅圖己身之得，試以今日觀淵明，不難發現這位耕作、讀書、彈琴、飲酒賦詩、東籬採菊、談禪論道的詩人，其田園生活的生命情調，已在整個時空中，留下一道永恆的美感。因而，他的精神是人間的、現世的，給世人的影響是正面而長遠的。

「歸去來辭篇中，曰獨悲，曰自酌，曰孤往，蓋有世人不能少窺萬一者。」清人林雲銘認爲，世人往往以清閒自在看陶潛的放浪形骸，不拘於時，其實，他也有痛苦的時候，因爲，淵明熱愛現世，唯有不愛現世的人，才沒有痛苦。淵明的人生態度所表現的雖是忘懷得失，可是，詩文中所道盡的，仍有熱愛人間，志難以伸的孤獨、寂寞與痛苦的自白。

閒居寡歡；顧飲獨盡。
欲言無予和，揮杯勸孤影。
蕭索空宇中，了無一可悅。

淵明的生活哲學，肯定宇宙形上及形下的觀點，在精神上是超脫與嚴謹，解放與執著的境界，此之所以成爲他獨特的思想本質，構成淵明高超完美的人格表徵，不僅成爲兩晉時代的思想淨化者，他的一籃黃菊，更爲中國千年以來恬然自適的精神主流。

周遭的環境是苦、是樂，亦只不過是當下片段而已，生命留痕的光與熱，卻是劃破長夜的一道星光，閃亮而慧澤。每一個人對於世界人生的悲情，絕非抽象的理論，而是實存的體證，此份情愫令人產生對生命親切、熱誠的感覺，進而激發生命昂揚奮進的力量。

在我的思想後面，必定有個親切的經驗，而這經驗後面就是一個生命。雖然，每個生命的狀態各不相同，但是親切的感覺應是相通的。每個人遇到刻骨銘心的事，生命的根源和性情才易顯露出來，所以，不要慨歎苦痛的煎熬，因爲唯有如此，生命才會落實泥壤，開花、結果。

而淵明的沖淡深粹，自然率眞，雖非我輩用力所學能及，但今望其高風，仍然可使心境逐趨淡遠，世間的美，也就在這不知不覺的淡遠之中了。

春風不遺草芥

——師生之間的倫理情懷

■ 學必有師

多年來高中國文課本編列有韓愈〈師說〉一文，是講授「小子何莫學乎詩」❶的時代也好，或是以電腦、數據爲主體的科技時潮也罷，「老師」這個名詞，永遠與人類相互依存。然而，隨着潮流的更迭，它的意義也有顯著不同的變異，韓愈若生逢今朝，恐怕也會擲筆慨歎，欲語還休了。

今日有識之士，面對當前社會變化現象，莫不苦思深索。尤其教育工作者，處於各方面快速的開放中，讓人感受到好像截然不同的邁入另一個新的里程碑，於是，師生之間許多衝突、矛盾、失序、焦躁的現象，也就凸顯出來，讓一顆本來期望興奮的心情，墜入於憂慮複雜的狀態

---

❶《論語・陽貨》，子曰：「小子！何莫學夫詩？詩：可以興，可以觀，可以羣，可以怨。邇之事父，遠之事君。多識於鳥獸草木之名。」是以孔子以「詩」作爲教導學生之教材。

中。逃避似乎不是根本辦法；妥協眼前的師生價值觀，又讓人有一邊捧讀聖賢書，一邊打自己耳光的罪惡感。因此，在開放趨勢下如何調整適應合理合情的師生倫理關係，是整個社會必須嚴肅思考的課題。

〈師說〉一文，韓愈不但言及「古之學者必有師」，更爲老師下了個千古不朽的定義——「傳道、受業、解惑」。我們常言「經師易得，人師難求。」韓愈心目中的「老師」，是人師也是經師。因此，一位老師不僅傳授修己治人的道理，更要在講授學業之餘，解決學生心中的困難疑惑。師生之間的倫理關係，是維繫於「道」上的，這個「道」，也就是儒家孔子所強調的「吾道一以貫之」的「道」。易言之，一切合理、合法、合情的倫理道德皆涵括其中，是以老子有「道可道，非常道」。這個「道」本身是形而上的，卻又落實於人世間每一件人情、事物之上，因而，西方人在詠讀中國文化特色中，談到這個「道」時，竟然找不到最合理、貼切的翻譯用語，只好以音譯「Dau」代之了。

韓愈認爲老師可以啟發一個人的智慧，故不能恥學於師，而中國士大夫的觀念，卻造成「位卑則足羞」、「官盛則近諛」的錯誤意識。認爲向地位卑下的學習，是件可恥之事，而向地位尊貴的學習，又是諂媚阿諛之事，如此左右牽制，還不如一些技藝之師，「行行出狀元」，各行各業，皆是我師，又何必在乎社會地位的尊卑呢？韓愈爲老師作了註腳，「無貴、無賤、無長、無少，道之所存，師之所存也。」

儘管社會型態不斷劇變，但千古以來，「人性」是同一不變的，這也就是今天我們讀韓愈的文章，所彰顯的價值意義。這整個意識是架構在合理的人性邏輯上的，孫中山先生所說「思想、信仰、力量」，三者之間有其一定的秩序，思想、信仰和力量其排列順序完全是合乎人性的邏輯理念。由此，我們可以釐定一個清晰的藍圖，當舊的標準或規範逐漸遠 我們之時，而新的標準或規範又還未呈現具體型態時，吾人究竟應該何去何從？

讀古人的文章，讓我們因時代而產生了強烈的距離感和疏離感，但如果思想中能接納她，對自己文化產生堅定的信仰，相信在時間的相處之後，便可增加對前人思想觀念的親切感了。當然，這股親切感並非意謂著此時和彼時有著同一的價值思想。而是在新時代中有個新的共識，在邏輯上，即是尋求一個共同的上位概念，在價值體系上則是創造或者共同努力來尋求一個共同可以認知和認同的體系理念。

■ 一日為師・終身為父

吳魯芹先生的散文筆法，常以幽默嘲諷對事物加以衍說，在其《師友・文章》一書中，談及影響其一生的兩位恩師。一位是「省立上海中學」初中部教授其三年國文的章淪清先生，另一位則是「武漢大學」教授其英國文學的陳通伯先生。

在〈哭吾師陳通伯先生〉文中曾有如是之言：

……所謂如坐春風，那時我是眞的嚐到了。有時候先生接連幾個「這個……這個」，不用任何其他字眼，就叫人茅塞頓開，原先走不通的路，也豁然開朗了。這段時間大約是我學生時代最快樂的一段，好像入山修道，求名師，名師已在眼前，自己已入了門，以後就是如何練功夫的問題了。

通伯先生給學生的是一把做學問的鑰匙，開啟了大門，自有搬運不完的寶藏，因而，當時對他的爲人總說「通伯是位君子」。是以吳魯芹聽人說通伯先生愈來愈像典型中國君子的蔡子民先生，心中自是歡欣無比。這份榮辱與共的師生情懷，讓我們讀其文章，好不慨嘆稱羨。

他教我作文：要在口中多嚼幾遍才下筆。

他教我做人：要能打掉牙齒和（去聲）血呑。

魯芹先生於〈記吾師章淪清先生〉文中，引述章先生萬世師表的風骨。

……凡是忝爲章先生弟子的人，會忘記他，幾乎是不可思議，甚至於是大逆不道的行徑。我敢於作此斷語，乃是因爲我相信受教於章先生門下的人，不保留深刻印象，不受深遠影響，是不大可能的。如果有的話，那麼人非木石等等成語，就很難站得住了。

也許我們會傷歎未如魯芹先生幸運，蒙受師恩教誨，可是，自己曾否細思懷著一顆感恩的心來銘記師訓呢。無情歲月流瀉而逝，多少至理名言也將逐漸淡去，但是，從教誨我們的老師口中，必曾諄諄傳授無數如章淪清先生「打掉牙齒和血呑」的精神，只是不知我們是否有如魯芹先生以其師精神常自勉自勵。他說「『打掉牙齒和血吞』的做人道理，我是認眞體會且死心塌地遵行的，當然我處的是所謂文明社會，並不眞的動拳腳，但是我是靠『打掉牙齒和血吞』的精神，在悲戚中傲然昂首。這一點還勉強可以告慰先生。」

師生關係之長存長念，在永恆的時空中，不斷的撞擊與迴鳴，這需要彼此之間以心願、奉獻和眞誠的愛來釀成的佳釀。在每一頁的青史裏，凸顯出其中神聖、純潔與美滿的師生倫理。

這份種籽與土壤的濃郁情愫，縱然歲月滑過指間，但每一揮筆之時，我心映於文字之間，當如雄渾的鐘聲，可穿透金屬外在的實質，以及穿透空虛內在的無質，廻盪耳畔，縈繞不已。

■人格式的感召

「五四」時期，倡導民主與科學的知識分子，是以教師爲主，三○、四○年代引發諸多社會、政治新議題，對當時社會發出批評之聲，並且，進行諸多改革運動的知識分子，也是以教師爲多。而民國七○年代以後，知識界和學術界對現實社會、政治、文化的關懷，並且，參與實際或相關的改革運動，教師也扮演著積極的角色。尤其隨著西方思潮的衝擊與民主觀念的引介，社會羣眾將教師的角色認定，與知識分子的形象期望結合在一起，因而，做爲知識分子中堅人物的教師，不僅是教育入門子弟，更要啟廸整個社會風氣的重責大任，教師除了書房、教室的鑽研外，更應與社會羣眾結合，將所學、所知、所得，傳遞予大眾，蔚爲工商社會的一股清流思想。

試觀西方社會的師生觀念，深受消費主義（Cousumerism）的影響，就美國教育現象而言，學生永遠是教育的重心，「兒童中心論」使得老師的地位永遠是配合學生的需要，如此的消費思想，建立在「顧客至上」、「顧客永遠是對的」保護消費者運動觀念上，使得師生關係成爲短暫性的，師生之間的關係所存在的只是知識的傳導，不像我國強調師生關係的傳承是永生永世的。

在工商業社會的結構中，一般人往往忽略了精神價值，僅僅看到現實的一面，中國人把教育視爲文化傳承的工作，西方則把知識的授受看成是雇主與消費者之間的買賣關係，因爲，學生除了由學校的老師得到知識外，亦可假由廣播、電腦、電視等輔助教學獲得，如此論調，造成學校是爲學生而存在，沒有學生豈會有學校的存在，當然就更不需要老師了。

多元、開放的社會裏，我們社會的師生倫理關係面臨更大、更強烈的挑戰，如教育的大量膨脹，使師生之間的接觸與關係，不如以往密切，這種因教育膨脹所造成關係淡漠的現象，往往是造成傳統師生倫理破裂的主因。此外，由於社會進步、教育普及，家長之成就與社會地位超越學校教師，傳統對老師尊崇態度與信任，已日漸下降，服從的師生關係受到理性的質疑。

楊國樞、黃麗莉兩位學者在民國七十五年共同發表〈大學生人生觀的變遷〉一文中，歸納出五〇年代後期出生的大學生，在新的社會經濟環境與風氣影響下，青年學生的價值觀有下列趨勢：

一、從自我節儉變向自我縱容。

二、從虔敬自律變向自我寬容。

三、從順從變向獨立。

四、從接受權威變向自我肯定。

由這種趨勢的變向中，當可確知傳統師生倫理關係的絕對權威，服從理念，漸不能爲學生所接受，師生之間的疏離感日益增加，各行其是，在所必然。

除此，學生藉由多方管道所拓展的知識領域，使他們發現老師並非擁有絕對的眞理，資訊管道的國際化與多元化，使知識寡占局面突破，老師的權威性也連帶受到嚴重的考驗。

儘管面對如此巨浪的衝擊，師生關係不如昔時堅固，但事實上，我們仍然需要一個安定的教育環境及一個有效率的教育園地，畢竟「教育是良心的事業」，師生之間永遠非買賣行爲所能取代，老師給學生，非僅是知識的傳授而已，精神、人格的感召，人生價值觀的釐定，皆是受益之主流。

■更行更遠還生

每一個生命皆如莫札特的音樂生命一樣，每一首協奏曲都是一個宇宙，都有獨特的性格，有的高亢，有的低沉，無論是豐美或蕭條，皆是眞正人性的表露，教師面對每一位學生，若能從靈魂與眞愛裏出發，永不流於說教，人性終能打倒物質的腐蝕與墮落。

既生爲人，又能承認人的渺小，可是，仍不棄戰鬪，才可謂眞英雄。「黃河之水天上來，奔流到海不復回。」任憑環境更迭何其迅速，我們只能承認師生之間離不開滋養的土壤，傳統給予中國子民如此深厚的養分，只有投入中國文化的根脈之中，才能冀望有豐厚甜美的生命可言。

郭爲藩先生針對師生新倫理關係，提出三點基本看法，足資參證，作爲調適角色的依據：

——教師必須不斷進修，由知識層面的領先，再進而提昇到智慧的錘鍊，以博學多識的人格，在思想上、價值的澄淸上來引導學生作正確的判斷，以寬濶器識和圓熟的看法循循善誘學生，明辨是非。

人格感召式（Charismatic）的權威，是教師最迫切需要建立的風範和性格。因爲不論是來自制度化或知識的教師權威都會改變，而最不易動搖的則是人格感召的教師權威。

——傳統師生關係中最大特徵卽是選擇性與個別化，也就是倫理的師生關係，因而師生之間應先建立感情基礎，方能傳授人生道理及專業知識。個別化的關注是日後學生最感念老師的泉源之一。

——當前社會變遷節奏迅捷，從事教育工作者，不但要繼續吸收新知，拓展學識領域，而且要加強輔導的角色，從熱誠協助學生進行有效率的學習活動中，贏得學生的敬重。

郭爲藩先生這段理性的分析，讓我強烈的感受到學校彷彿一個園圃，當春風吹拂大地，那有貴賤之分？種子落地，有了春風的滋潤，無論是開出了花朶，或長成了油嫩的新葉，生機都隨意地益揚起來。倫理之情是宇宙動力的源泉，蘊含大自然的堅定的摯美，我們膜拜大自然，豈不是因爲這份堅定的實質存在嗎？自然的眞情落實的呈現著山的峻拔、海的浩瀚、江河的澎湃、溪澗的幽清，偶見遠天飄泊的飛雲，時而悠閒時而激盪。人世間種種興衰更迭，讓我們體念榮枯、生死的循環，有著不滅的延續道理存在。剎那的頓悟中肯定了永恆的觀照，在細微的悸動中，認識了生命原有無盡的悲憫和喜悅。

節奏忙碌的工商社會，讓人對師生倫理懷有無名的恐懼，而這份無以名狀的恐懼，卻也大大地增進我們的愛和智慧。

今年的春天將穿透禿盡的枝椏，綻放翠綠鮮明的嫩芽，向遠方蔓延增長，讓無盡的綠意在春風愛意的滋潤中，緩緩落向天地間的每一個角落，明亮地奏出讚頌的樂章。

且讓我獻上春天的祝福——「吾愛吾師」。

活水與磐石

■明日世界

美國史坦福大學人工智慧（Artificial Intelligence）實驗室首席主管約翰．麥卡錫（John McCarthy）曾說：「人們會問：『一旦我們擁有許多機器人，這個世界將會有何改變呢？』事實上，相似的情況在人類歷史中早已發生了，那就是：當富有的人擁有眾多僕役後，他們能做些什麼呢？」

其實，生活中待考究之事繁多，即使再多的機器人代勞分工，依舊無法取代人類自古以來從現實的生活中，含英咀華，思索而求通達，學習以得貫通，讓自己的心靈智慧進入清明的世界，相與浹化。有一天煮茶、烹飪、勞動性生產線，或者訊息的速捷處理，都勿須我們，學習似乎已成爲駕御機器的唯一目的。至於古人所言：「賞花宜對佳人，醉月宜對韻人，映雪宜對高人。」如此超越觀照的美感，要如何方悟得其中心領神悟的識解？

未來的世界，各個國家將在同一個運輸與通訊網中聯繫成爲「地球村」，迎接資訊社會，每個人必須要有「變」的觀念，科技日新月異，若無法不斷重新評估自己的知識。科學家說：「現在的事實可能明天就變成錯誤的情報。」換言之，缺乏再教育，就是死路一條。

接觸過電腦的人，一定驚訝歎服於它的記憶、計算，甚至有逐漸超越人類的理解能力，在洶湧澎湃的撞擊力之下，體認「人」的意義和價值，才能爲未來作準備，提高競爭力，避免資訊差距。哲學、人文、藝術品質提昇、思考的創造性，將使人提昇至更高層次。

「十年寒窗無人問，一舉成名天下知。」的日子已經遠離了，科技與資訊的浪潮洶湧而至，誰將淹沒其中？何人將可昂首跨入二十一世紀的新世界？人類活如泉水，堅如磐石的智慧，會有個肯定的答覆。

■古籍經典是教條嗎？

從《三字經》到四書五經，許多青年人已宣判古籍經典已枯死，不僅不願讀她，甚而視爲八股而排斥。以個人從事中學國文教學工作近十年而言，論孟之道頗難令青年學生心悅誠服，年青人寧可去記論莎翁、亞里士多德、泰戈爾的金言詩句，也不讓經典意義落入自己生活言行之中。因此課堂裏時會出現講授者諄諄善誘、如癡如醉，聽者心不在焉，不以爲然的模樣。爲此，我經常反覆自省，要如何規劃出一條理路來，使年青的一代可得此寶藏，奉爲人生信仰的圭臬，而實實在在的紮根於生活當中。

老師，我們學電腦都來不及了，還背這些教條做什麼呢？

是啊！連髮禁都解除了，老師您不是說，追求學問就是要追求自我的完成嗎？那麼，我爲什麼要被那種沒有生命、失去時代意義的條理束縛住呢？

如果，我不再刻意去了解時代變遷中那些迅速移動的步伐，勢必師生之間則各尊所聞，各行其是，彼此行爲和觀念差距日益加大，當兩者之間整理不出一套共識之時，那麼，充當橋樑的書籍，就很難使書中的智識和青年生活結合一氣，「學而時習之」只不過是紙上空談罷了。

至於要如何融解先人的智慧，使他賦予時代意義和鮮活的生命，讓學生眞正感受到文天祥正氣之可貴，亦能照耀今日工商社會的氣節；儒家以仁爲本的思想情操，正是我們現在汲汲所求的心靈層次；而李白、杜甫、東坡……文學思潮，不正爲點綴上班族匆忙如過客的腳步，幾許的恆常綠意。

假若眞實的感覺前人智慧累積的營養、實用價值，古籍經典就不致讓人有僵硬呆板、不落實際的反感了。

中國先哲所強調圓融的觀照，是在生活中消化過的知識，既不僵化生命，更沒有教條的約束，人類的生活乃是一切理性與科學知識的涵容。「臺大」生化研究所邱式鴻教授，在一次座談會中談到：「有部分同學問我，現今社會功利主義的成因是否爲科技教育太普及所致。我告訴他們說，事實恰好相反，科學教育的主旨在求眞，而功利社會的抄捷徑與『做假』恰好與之背道而馳；因此，欲摒除各種陋習，首先必須加強科學教育求眞的精神。」

以資賦優異獲保送「臺大」物理系就讀的楊柏因，他也曾說過：「我看課外書時，很少考慮到這是否對我的課業有沒有幫助，如果，這麼功利的考慮，也就太無趣了！」

楊柏因這段話回證於邱教授所談的功利社會，應該可以確定的是：這位天資聰穎的青年，不僅有超於常人的學習力，更重要的是他具有邱教授所強調的科學精神——求眞。

《荀子・勸學篇》：「君子曰：學不可以已。青，取之於藍，而勝於藍；冰，水爲之，而寒於水……故木受繩則直，金就礪則利；君子博愛而日參省乎己，則知明而行無過矣。」

荀子學說主性惡之論，但他強調人的特色在於有義辨與能羣，尤其〈勸學篇〉中所談學問之理，不就是科學求眞求實的實用觀點？他又說：「學惡乎始？惡乎終？曰：其數則始乎誦經，終乎讀禮；其義則始乎爲士，終乎爲聖人。眞積力久則入，學至乎沒而後止也……君子之學也，入乎耳，著乎心，布乎四體，形乎動靜，端而言，輭而動，一可以爲法則。」

或許古籍的用字遣詞不同於今，前人所面臨的境遇今昔迥異，但歷史遞變告訴了我們一個事實，眞理是恆久不易、普遍而無所不在的，荀子的爲學之道，在今天的社會環境而言，不更顯示出其可貴的恆常性嗎？

■源頭活水

半畝方塘一鑑開，天光雲影共徘徊。
問渠那得清如許，爲有源頭活水來。

這個玲瓏活潑的清澈明淨之境，自非機器所能體會得了，電腦所能感悟而出。活著，不妨讓心靈空間更開濶些，有些夢想，幾縷情懷，希望這世間更善、更美，藉以訓練發展獨立的思考能力。學習和生活是絕對建立在獨立思考能力之上的，構築的時間是累積匯聚而成，聚沙成塔，點石成金，前人的智慧可提供我們轉化原始的強烈好奇慾望，使它變成啟發對天地及人世間愛戀的情懷，使人求眞求知，而非茫無目的，讓我們所屬的世間更善更美。

專家曾就獨立思考的能力主要特質分爲四個部分：比較與聯貫、追本溯源、表達與組織，更換觀點，四者交互融會，貫通一致，方構成活如泉湧的心靈智慧。對於求知的過程，在此特別借重康德在《純粹理性批判》裏說的：「純粹理性的第一步是教條，這是它的童年。第二步是懷疑論，是由經驗而學聰明了，因此下判斷時倍加小心。但仍有第三步是必要的，而這一步是屬於成熟者的判斷，以放諸四海皆準的公理爲基礎。通過這種判斷，不但暫時的、世俗的東西要受到限制，並且理性也要受到限制。」

康德治學的三境界和王國雄《人間詞話》中所言人生三境，兩者相較，雖然、前者所言較狹，不若王國維人生面的寬廣，然今人讀之，不難理出治學、爲人應處之道，究竟宜持何種態度，方能渠清如許，澄澈鑑人了。

古今之成大事業、大學問者，必經過三種之境界：「昨夜西風凋碧樹。獨上高樓，望盡天涯路。」此第一境也。「衣帶漸寬終不悔，爲伊消得人憔悴。」此第二境也。「眾裏尋他千百度，回頭驀見，那人正在燈火闌珊處。」此第三境也。

康德由陳述分明的教條，跨向超越教條和唯理主義懷疑論的成熟判斷邁進，是以純粹理性的批判方式來談論的法則。而王國維借引柳永、辛棄疾原詞而提出的人生三個境界，是以感性的筆觸，深入生活而又鮮明躍出的哲理，語詞表面傷感，骨裏卻剔透分明，更能概括康德的三步。提筆至此，不免又讓我聯想到禪宗的悟道途徑「見山是山，見水是水，一也；見山不是山，見水不是水，二也；見山復是山，見水復是水，三也。」其中所涵，不也有相同之妙趣嗎？

■「半肯半不肯」的精神

二月中旬閱報，知悉「中視」爲下一檔晚間八點連續劇「一代歌后」的造型，作了十分不得體的處理，心裏十分納悶。「一代歌后」係描述三〇年代上海歌星周璇一生的際遇，按理服裝、背景道具、人物造型，皆應反映當年上海的景觀和內涵，無奈製作人不但未使「一」劇的女演員面部描「柳葉眉」梳「古典頭」，反而爲這些濃眉、蓬蓬頭的女演員解說，認爲這些演員未必適合舊粧，故未以此要求。如此不忠於史實的製作態度，對我國文化是一種傷害，亦無法贏得他人的認同，我們何其盼望該劇製作人能參考歐洲若干國家忠於本土文化的敬業精神，正是戲劇高度的表現技巧，一齣只重外殼包裝的戲劇，是無法提昇精神的涵蓋面及包融性的。

灑脫不羈的李泰祥，爲胡琴好手黃安源譜寫胡琴交響詩「酒歌」、「夢李白」及協奏曲「春望」，這些透過李、杜磅礡落拓的現代中國藝術家心靈，李、黃兩人面對中國詩詞鏗鏘的詩韻意境，以各種峰廻路轉的奇妙表現法，令人驚喜敬佩。國內有聲出版界能於面臨製作成本高昂，愛樂者大都購買外國著名演奏家的錄音，而冷門創作又不易打入市場的諸多問題之下，重視本土音樂家成就，重用作曲家及演奏家錄製成本昂貴的唱片，處於我國長遠音樂文化的發展而言，實具有特殊的意義和價值。這和前面所言「一代歌后」的遷就現狀的製作態度，孰高孰下，顯明見之。

「實驗是眞理的唯一試金石。」胡適先生面對新舊文化的衝擊，是採取求眞求實的方法，因此，他的實驗主義可以用來研究小說、戲劇、民間傳說、歌謠，也可以用來辨古史的眞僞，及批評傳統的制度和習俗。這種思想卽如胡克（Sidney Hook）所談及的，卽一個被社會普遍接受的思想系統往往具備全面性、精嚴性、實際相關性和彈性。但有人也認爲適之先生在提倡新文化時，主張破壞舊傳統，創造新文化，和杜威「創造的智慧」是用來結合新與舊的，兩人態度迥異，其實，若綜論適之先生前後論點，不難發現他的思想具有極佳的彈性和精嚴性，深受杜威的影響，我們可以由他〈談中國禪學方法〉所舉用的例子見之：

例如洞山和尙敬重雲崖……於是有人問洞山：「你肯先師也無？」意思是說你贊成雲崖的話

嗎？洞山說：「半肯半不肯。」又問：「爲何不全肯？」洞山說：「若全肯，即辜負先師也。」

這「半肯半不肯」的精神，正是實驗主義求眞的具體表現。未知「一代歌后」製作單位是否曾勇敢的面對傳統和創新取捨之間，應該有的執著和忠誠。

■智慧的傳承

任何一個民族觀念的形成，皆係歷史長久演變而來，尊重傳統，卽是認同先民的智慧，在散發紫色光芒的文化中，依然可以建立未來特定之方向，或許在努力以赴的路程中，會有諸多令我們同感棘手的源由，此刻，最重要的，卽以磐石態度，活水心情解決困境。金耀基教授對我國轉型期社會的特徵描述甚詳，他說：中國的過渡人一直在「新」、「舊」、「中」、「西」裏搖擺不定，生活在多重價値系統中，因而時常遭遇「價値的困窘」，造成內心的沮喪與抑鬱，有的人過渡則由於對新舊價値失去信仰，而成爲「無所遵循」的人。因此、金教授認爲在過渡社會裏時常會出現僞君子與眞小人。

這種傳統和現代重疊的時代，當身置瞬息萬變的洪流中，時會因外境的快速移轉，忘卻了自身腳步宜挪往何方，甚至連所處的位置都摸不淸楚，更何況是生命價値意義呢？比較行政學者雷格斯（F. W. Riggs）描述此社會的三個特徵如下：一是「形式主義」（Formalism）：此理論與實際的嚴重脫節，如文憑主義只重文憑，不問眞才實學。二是「重疊性」（Overlapping）：每一個社會組織並不完全靠行政原理來達成其行政目的，官僚為了達成其升遷目的，不僅靠成就，也時常需要關係。第三是異質性（Heterogeneity）：係指一個社會在同一時間內裏，呈現了不同的制度、不同的行為與觀點。例如：今天的臺北市有聳天的高樓大廈，亦有紅磚瓦片的平房，有人的生活已非資訊無法替代，亦有人每日悠閒地安於一手一筆，慢慢地走著。

在如此不諧調的關係中，現代人要如何以「成就取向」替代「關係取向」，讓生活灌注於泥壤中，開花結果，即如《易經・困卦大象辭》指出：君子以致命遂志。乃言在大憂患時，為了實現理想，縱要委致生命，亦在所不惜。在多數人一味還營名利的環境中，是否也有許多人仍懷著曾文正公「一分精神，一分事業。」將己身融入於社會整體之中呢？

點燃生命的亮光

■以有涯追無涯

個體的生命有限，歷史的生存無涯。以有涯追無涯，當須追求超越肉體生命的崇高價值。就整體的社會而言，若無法建立一個超越個人欲望的公正合理規範，則人類如何尋得理性的生活方式。是以在時空的交錯中，必賴道德與律法的要求，來提昇個人生命的意義，方可保障羣體生存的綿亙。

生活如果能成爲自然環境和人文景觀的迭映互現，將可教人引發遐思，體會無限。唐沈佺期詩：「北邙山上列墳塋，萬古千秋對洛城，城中日夕歌鐘起，山上唯聞松柏聲。」生死對照，好不鮮明。見諸歷史可知，唯有死亡才能襯托生機，變亂方映出寧靜，而強權、專制的蠻橫正可彰顯民主、自由的可貴。此一對比雖然強烈，甚至於殘苛，可是最能讓人從經驗中記取血的教訓。

「歷史是一面鏡子」，這面鏡子所面對的生命若無剛健的意志、通透的智慧，以及深遠的義理，是很難落於實踐的創新。因而，面對鏡子，應該是可以避免重蹈歷史的悲劇，方才合乎邏輯的推論。奈何人性的諸多盲點，一再引發歷史的重演，於是，天下便反覆上演「合久必分，分久必合」的局面了。

傳統的儒家思想，重視「內聖外王」的人生境界，若無法透過「修身」則難以達到「治平」的事功。事功不成才退而求其次，將理想、見解「見之於言」，以待後世之共鳴或服膺。宋儒歐陽修，即認爲「立德」爲立功、立言的基礎與內涵，「是爲三不朽之首，爲個人獨立可追求之目標，而立言則微乎其微，百不存一、二，有遠識的人，當以立德爲自我襟抱，唯有先點燃個體的光亮，才有生命的意義可言。

> 修於身者，無所不獲；施於事者，有得有不得焉；其見於言者，則又有能有不能也。

歐陽修於〈送徐無黨南歸序〉一文中，認爲建立事功或發於言論，成功的機率有限，唯有立德之功，必有所獲。而此三不朽，又以立言最難留存後世。

> 施於事矣，不見於言可也。自《詩》、《書》、《史記》所傳，其人豈必皆能言之士哉？修於身矣，而不施於事，不見是言，亦可也。

孔門四科德行、言語、政事、文學，獨顏回居陋巷不改其樂，不僅爲當時羣弟子推尊之，以爲不敢望而及之，而後世百千歲以來，更未有能和其相論，是以歐陽修認爲立德唯能不朽而存，事功則難確切掌握成功與否，至於言論則如草木榮華隨風飄零，鳥獸好音掠拂耳際罷了。

■情理兼顧

社會結構、人際關係變動繁複，因此，作爲規範的道德準繩與法律條文，亦當適應變動，古人講「窮則變，變則通。」不通權達變，只有死胡同一條路了。儘管我們腳步再快，變通再廣，但崇高不朽、公正合理的人格氣節，卻須亙古長存，不應輕言拋棄。

中國的專制政統，或許引發諸多不合理的現象，然而，就整體文化層次而言，政治體制只不過是文化其一而已。中國民族有她獨特的哲學智慧，因此而開造出一種實際的生活藝術，應該是全中國人共同的福音。林語堂先生認爲這股中國哲學智慧融洽調和而成的整體，若將之具象而現，在其《吾國與吾民》(*My Country and My People*)，就是他竭力稱頌的放浪漢或流浪漢。因爲，人類是世上最偉大的放浪者。故人類的尊嚴應和放浪者的理想發生聯繫。

是故，林語堂先生說道：

> ……因爲世間的事物，有時看來不能像它們外表那麼簡單。在這個民主主義和個人自由受著威脅的今日，也許只有放浪者和放浪的精神會解放我們，使我們不至於都變成有紀律的、服從的、受統馭的、一式一樣的大隊中的一個標明號數的兵士，因而無聲無息的湮沒。

在濃烈的中國道統思想中，語堂先生所歸納出適性偉大人物的性格——放浪者，是一個聰慧而有希望的質素。因此，他將成爲人類尊嚴和個人自由的衛士，也將是最後一個被征服的人，現代的一切文化須賴其來維繫。

林語堂先生自認是個擁有東方精神和西方精神的人，他將人類尊嚴歸納出下列幾個事實：

一、他們對於追求知識，有著一種近乎戲弄的好奇心和天賦的才能。

二、他們有一種夢想和崇高的理想主義(常常是模糊的、混雜的，或自滿的，但亦有其價值)。

三、也是最重要的一點，他們能够利用幽默感去糾正他們的夢想，以一種比較健全的現實主義去抑制他們的理想主義。

四、他們不像動物般對於環境始終如一的機械地反應著，而是有決定自己反應的能力，和隨意改變環境的自由。

由此四點可以看出，人類的性格是世界上最不容易服從機械律的，人類的心思永遠捉摸不定，無法測度，爲政者若了解其中特性，不難釐訂出從政方向。

因而，我們可以論斷，若非一種合理近情的生活，是很難有長治久安的穩定政治。

■ 動靜之間

中國人是如何地享受人生呢？「中庸」的哲學可說是中國思想的範疇，一動一靜間，蘊生了圓滑和順的妥協觀念，使人們對於這個不很完美的地上天堂，也感到了滿足，充分地享受了人生的智慧哲學。

忙碌的生活，使我們往往在追求中忘記了眞正的自我，在熙來攘往的日子裏，以己身之成敗贏虧，來視爲絕對的、眞實的依憑。其實，什麼才是成功？失敗？就連歷史也不敢驟下定論，更何況是蜉蝣人生呢？中國之所以美，貴於含蓄而內斂通達。尖銳而過於自信的人格，只會造成人與人之間更大的壓迫和衝突。眞正的生活，應是處於一種不知不覺的理想氛圍中，沒有口號、沒有八股，而是尊重生命的可貴。表面看似不去追求絕對完美的生活、不去尋找勢不可得之事物、不去窮究不可得知的東西。因爲，人類本質原就是具有一些不完美、會枯老病死的特性，以我們的原性來過生活，才是最合理的生活。

在如此的步調中，準確的以入情合理的生活態度待之，我們手得以平和的工作、曠達地忍耐、幸福的生活。

人生在世，許多事物勿須以表面來肯定一切。即是現象界的百、千年，又抵擋得了宇宙千萬年的歲月嗎？中國的生命是和平主義的根源，圓融的智慧，就是忍受暫時的失敗，靜待時機。先哲相信；在天地萬物的體系中，在大自然動力和反動力的規律運行下，沒有一個人會成爲永遠的儍子，也沒有一個人會永遠佔到便宜。若以佛家的因緣來解說，該是「善有善報，惡有惡報，不是不報，時候未到。」

如果能體念到愚笨者的智慧、隱逸者的長處、柔弱者的力量，以及熟悉世故的簡樸，當就明白中國人應該過的是一種近情微妙的智慧生活。

在老子的觀念裏，水是道家最偉大的智慧。「江海所以能爲百谷王者，以其善之下，故能爲百谷王。」一水輕輕的往下滴，可以穿石鑿壁，柔弱的智慧，正是掌握最後成功勝利契機的人。

將欲歙之，必固張之。

將欲弱之，必固強之。

將欲廢之，欲固興之。

是謂微明，柔弱勝剛強。

魚不可脫於淵，國之利器不可以示人。

——老子《道德經》

若將此智慧運用於政治結構上，順應潮流，因勢利導，應是合乎人心的變革。許倬雲教授認爲：當政者要看大處、看遠處，要懂得「退」的藝術。進退適得其機，是自保令譽、地位最好的方法。難怪他語重心長地說：

奉勸大家，讀書應該多讀道家，少讀法家。

歷史及文化傳承上的中國概念，遠遠地超越於任何政治實體，每一個政治結構的運作，應視爲延續命脈的接棒者：這段路程有一定的時限，該交棒時就應放心的遞給，而轉身於側，爲下一棒的人打氣、加油。而非跑到精神耗散、體力透支，才交於接棒之人，如此反易抹殺前段精彩的事功，「退」的藝術，實在微妙。

尊嚴的人生

此刻，我們擁有高收入的國民所得，卻是過著「有錢的窮人生活」。一個沒有選擇、缺乏品質保障的生活，剝奪了我們人性的基本尊嚴。尤其當前的情況，一個安定的環境，才是我們開拓未來最珍貴的資產。奈何圍繞身邊的儘是功利、權勢和私利。社會已無道德標準可言，沒有「對」或「錯」，「該」或「不該」，而是「有」還是「沒有」，「少爭」還是「多爭」。

無怪乎高希均教授要疾呼，我們一面仍然把錢看得最重要，卻不肯有意義的花；另一面仍然不肯多負擔成本來提高生活品質。高教授強調：

活得有尊嚴的社會是不庸俗的、不可憐的、乾淨的、有秩序的。新人權所追求的是生活品質的提昇、自我的參與，以及政府優先次序的重新訂定。

目前的環境所映現的情況，應就是一種文化危機的警告。無論政爭、商場鬪爭，甚至家人之間的爭執，皆是只問利益，不問手段。表象問題的癥結在於國家目標方面不容易達到共識，但根本的源頭，乃是在對於文化價值沒有懇切的珍視所造成的結果。

民主政體的政治意識，是直接與道德價值、人格尊嚴相互連接的。其支撐的精神是理想主義與理性主義，絕非是一種打倒的意識，更非是一種打天下的革命意識。因此，中國文化有其傳統的純潔性與理想性，人有原性流露的意識，主政者必須認識而導之以正，亦卽是政治家應具有的意識與風格。

面臨這個求新、求變的時代，沒有文化意識的支撐，何能挽救變局於大一統的安定？吾人須明白道德價值意識低沉，必造成歷史文化意識的低沉，及民主意識的低沉；而一個缺乏客觀化的人文世界，又如何來恢宏生命，凝聚民族延續的命脈。

生命的學問，一爲個人主觀的修養精神，一是客觀方面的人文世界，如國家、政治、法律、經濟等。無此等的修養精神，必對生命學問忽視，造成生命領域的荒凉與暗淡。亦如王夫之所言「害莫大於浮淺。」膚淺的社會，唯利是圖，以亂取勝，只問結果，不論方法。〈易繫〉：「唯深事也，故能通天下之志。」無法透澈生命，則不能通天下之志，成天下之務。

聰明的人哪！當我們看到萬物滋長在浩瀚的寰宇中，除了頌讚造物者之神奇美妙，又何忍斲之？爲了要好好活下去，自然的和諧性是不容許失調的，而個體生命的光芒，也就逐一顯現而出了。

新書推薦

◈近代中國人物漫譚續集　王覺源著

一般傳記多在告訴當代人以過去歷史，卻缺乏給未來人認識當代的意義。本書的撰寫，不做皮相之談或略存偏見，内容涵括宦海、儒林、江湖等，所提供的大都為第一手資料，期能「以仁心説，以學心聽、以公心辨」。

◈開放社會的教育　葉學志著

在開放中的社會中，何種教育理念才能預防因科技、民主所帶來的社會失控的問題？作者鑽研我國及西方教育多年，曾對當前教育問題與政策發表過若干論文，此次彙集成卷，當有助於教育工作者體察教育之功效，發揮教育之良性影響。

◈杜魚庵學佛荒史　陳慧劍著

以學佛人的個人史料，紀錄臺灣四十年間佛教文化發展與人物推動佛教歷史的軌跡；其内容納編年、日記、書信……；並貫以作者身在顛沛流離的歲月中，經由佛法之薰陶，而改變其人格的過程。

◈關心茶——中國哲學的心　吳怡著

本書收錄的十六篇文章，可分為三部份。第一部份為五篇論述「關心」的文字，第二部份為五篇散論，最後六篇則大多為哲學理論的專題。這三部份的文字，可説都為作者一心所貫。這一心，是關心，也是中國哲學的心。

◈放眼天下　陳新雄著

「立足臺港，胸懷大陸，放眼天下」。作者本著「國之興亡，匹夫有責」之志，暢論近兩年來天下時勢與政情。不但具有熱情與理想，更能從歷史眼光，針對現實作深刻的透視，諤諤直言，不啻為滔滔濁世的一般清流。

◈走出傷痕——大陸新時期小説探論　張子樟著

本書收錄了從 1977～1988 年的大陸小説。此一時期的作家不再沈湎於往事的追憶，而開始著重文化與自我意識的開展。本書除依賴文學理論來解説作品外，並借助社會學、心理學和傳播學上的論點，以求達到多角度之省察。

滄海叢刊

＊文學與音律……謝雲飛著
＊中國文字學……潘重規著
＊中國聲韻學……潘重規、陳紹棠著
＊訓詁通論……吳孟復著
＊翻譯新語……黃文範著
＊詩經研讀指導……裴普賢著
＊莊子及其文學……黃錦鋐著
＊離騷九歌九章淺釋……繆天華著
＊陶淵明評論……李辰冬著
＊鍾嶸詩歌美學……羅立乾著
＊杜甫作品繫年……李辰冬著
＊杜詩品評……楊慧傑著
＊詩中的李白……楊慧傑著
＊寒山子研究……陳慧劍著
＊司空圖新論……王潤華著
＊歐陽修詩本義研究……裴普賢著
＊唐宋詩詞選
——詩選之部……巴壺天編
＊唐宋詩詞選
——詞選之部……巴壺天編
＊清真詞研究……王支洪著
＊苕華詞與人間詞話述評……王宗樂著
＊元曲六大家……應裕康、王忠林著
＊四說論叢……羅　盤著
＊紅樓夢的文學價值……羅德湛著
＊紅樓夢與中華文化……周汝昌著
＊中國文學論叢……錢　穆著
＊牛李黨爭與唐代文學……傅錫壬著

滄海叢刊

*現代詩學……………………………………………………蕭　蕭著
*詩美學……………………………………………………李元洛著
*詩學析論…………………………………………………張春榮著
*橫看成嶺側成峯…………………………………………文曉村著
*大陸文藝新探……………………………………………周玉山著
*大陸文藝論衡……………………………………………周玉山著
*大陸當代文學掃描………………………………………葉穉英著
*兒童文學…………………………………………………葉詠琍著
*兒童成長與文學…………………………………………葉詠琍著
*累廬聲氣集………………………………………………姜超嶽著
*林下生涯…………………………………………………姜超嶽著
*實用文纂…………………………………………………姜超嶽著
*增訂江皋集………………………………………………吳俊升著
*孟武自選文集……………………………………………薩孟武著
*藍天白雲集………………………………………………梁容若著
*野草詞……………………………………………………韋瀚章著
*野草詞總集………………………………………………韋瀚章著
*李韶歌詞集………………………………………………李　韶著
*石頭的研究………………………………………………戴　天著
*留不住的航渡……………………………………………葉維廉著
*三十年詩…………………………………………………葉維廉著
*寫作是藝術………………………………………………張秀亞著
*讀書與生活………………………………………………琦　君著
*文開隨筆…………………………………………………糜文開著
*印度文學歷代名著選(上)(下)………………………糜文開編譯
*城市筆記…………………………………………………也　斯著
*歐羅巴的蘆笛……………………………………………葉維廉著
*一個中國的海……………………………………………葉維廉著

*尋索：藝術與人生……………………………………………葉維廉著
*山外有山……………………………………………………李英豪著
*知識之劍……………………………………………………陳鼎環著
*還鄉夢的幻滅………………………………………………賴景瑚著
*葫蘆・再見…………………………………………………鄭明娳著
*大地之歌…………………………………………………大地詩社編
*青春…………………………………………………………葉蟬貞著
*牧場的情思…………………………………………………張媛媛著
*萍踪憶語……………………………………………………賴景瑚著
*現實的探索…………………………………………………陳銘磻編
*一縷新綠……………………………………………………柴　扉著
*金排附………………………………………………………鍾延豪著
*放鷹…………………………………………………………吳錦發著
*黃巢殺人八百萬……………………………………………宋澤萊著
*泥土的香味…………………………………………………彭瑞金著
*燈下燈………………………………………………………蕭　蕭著
*陽關千唱……………………………………………………陳　煌著
*種籽…………………………………………………………向　陽著
*無緣廟………………………………………………………陳艷秋著
*鄉事…………………………………………………………林清玄著
*余忠雄的春天………………………………………………鍾鐵民著
*吳煦斌小說集………………………………………………吳煦斌著
*卡薩爾斯之琴………………………………………………葉石濤著
*青囊夜燈……………………………………………………許振江著
*我永遠年輕…………………………………………………唐文標著
*思想起………………………………………………………陌上塵著
*心酸記………………………………………………………李　喬著
*孤獨園………………………………………………………林蒼鬱著